기통문

기통문

구름과 벗 장편소설

좋은땅

———————

필자는 대학 1학년 때 바둑을 처음 접했습니다. 그 뒤로 바둑은 저의 오랜 벗이 되었습니다. 처음엔 웹툰 스토리 작가가 되고자 했습니다. 하지만 여의치 않아서 방황하다가 소설을 쓰기 시작했습니다. 바둑을 소재로 하는 판타지물을 썼습니다. 이 소설은 저의 세 번째 작품입니다.

"바둑은 일반적인 보드게임이 아니다. 두 명이 만들어 가는 하나의 예술 작품이다."

프로기사 이세돌의 어느 인터뷰 때의 말입니다. 저도 그렇게 생각합니다. 수천 년간 바둑이 소멸되지 않고 사람들에게 사랑받아 온 이유는 단순한 게임 이상의 깊이와 맛이 있기 때문일 것입니다.

이 글은 다소 낭만적인 요소를 가지고 있습니다. 현실에 얽매임이 없이 끝없이 펼쳐지는 주인공 활귀와 달기의 이야기는 독자에게 꿈과 희망을 줄 것입니다.

이 소설을 쓰는데 일 년 정도를 고민했습니다. 최근에 우리 사회는 인공지능의 발달로 새로운 변화의 물결이 일고 있습니다. 저는 인공지능이 바둑계에 신선한 청량제 같은 역할을 해 주길 바라지만 앞으로의 미래가 어떻게 펼쳐질지는 모르는 일입니다. 이 책은 그 고민을 바탕으로 하고 있습니다.

또 이 책은 판타지물입니다. 달기의 초능력, 삼백 년 전의 바둑책과 팔선도라는 그림 속에 피는 장미 등 현실을 뛰어넘는 상상의 세계로 여러분을 초대할 것입니다. 독자분들이 즐겁게 읽어 주었으면 좋겠습니다.

이 글을 쓰는데 아낌없는 헌신을 해 주신 안소라 작가님에게 감사를 드리고 고생만 하시는 어머니께 감사드립니다.

2024년 6월,
서재에서 구름과벗

9장 ☾ 신의 한 수

1장

활귀와 달기

바다 정령

송종문, 그는 바둑에 있어 굉장한 고수다. 한때는 송종문은 프로도 접어준다는 말이 언더 바둑계에 퍼지기도 했다. 접어준다는 말은 프로가 그에게 바둑알을 몇 점 깔고 배운다는 말이었다. 서울에서 생활하며 바둑계에서 젊음을 하얗게 불살랐다. 삼십 대 중반에 이르러 그는 가까운 친구에게 큰 사기를 당했다. 돈을 모두 날린 그는 인생이 싫다며 일 년 전 무작정 울릉도행 배를 탔다. 그 후로 울릉초등학교에서 바둑을 가르치며 살고 있다.

송종문은 학교 수업이 끝나면 집에서 낚시 도구를 챙겨 죽도(竹島)에 가는 게 일상이었다. 울릉도 앞 죽도는 이름처럼 대나무가 빼곡한 섬이다. 그는 거기서 늦은 밤까지 혼자만의 낚시를 즐기곤 했다.

봄의 끝자락이었다. 대나무 숲에서 바람이 속삭였다. 낚싯대를 드리운 채 그는 황혼에 물들어 가는 하늘을 바라보았다.

'으하하. 천국이 따로 없구나. 저 멀리 수평선이 날 부르는구나. 멋지게 살라고. 하하.'

모든 잡념과 어지러운 근심이 다 사라지는 순간이었다. 송종문이 청량한 바닷바람을 맞으며 즐거움을 만끽하고 있던 그때 갑자기 땅이 흔들렸다. 그는 깜짝 놀랐다. 지진 때문에 다리가 후들거렸다. 그가 주저앉으려고 땅바닥에 손을 짚는데 대나무들이 쏴아아 쏴아 소리를 내며 을씨년스럽게 요동쳐 그는 뭔가 알 수 없는 두려움을 느꼈다.

'이런. 낭패인걸….'

그는 양손으로 땅을 짚으며 바닥에 앉았다.

'지진이 멈춰야 하는데….'

그가 근심하는 사이에 믿기 어려운 놀라운 일이 일어났다. 바로 앞 공간이 아지랑이가 피듯 굴곡이 생기는 것이었다. 러시아의 밤하늘에 장관을 이루는 무지개 색 오로라처럼 송종문 앞의 공간이 그렇게 변하고 있었다. 그리고는 변한 공간의 한 가운데에 검고 둥근 구멍이 생기고는 그것이 점차 커졌다.

서서히 공간이 열리고 있었다. 그 속에서 강렬한 빛이 새어 나왔다. 무지갯빛일까? 그는 너무 눈부셔 눈을 감고 손으로 얼굴을 가렸다. 일 분쯤 지났을까? 빛이 점차 줄어드는 느낌에 그는 눈을 살짝 떠 보았다.

섬은 흔들림을 멈추었다. 구멍은 사라지고 그 자리엔 검고 긴 머리가 허리까지 내려온 여인이 서 있었다.

'이 여자는 누구지? 내가 꿈을 꾸고 있나?'

송종문은 자리에서 일어났다. 그녀는 진주와 이름을 알 수 없는 기이하고 독특한 모양의 보석들로 온몸을 치장하고 있었다. 목걸이, 팔찌, 발찌, 허리에 두른 진기한 보석들이 박힌 띠 등에서 빛이 났다. 황혼을 배경 삼아 서 있는 그녀는 마치 동화 속 요정 같았다. 긴 코에 너른 이마, 부드러운 눈매를 가지고 있었다. 서로의 눈이 마주쳤다. 송종문은 그 여자의 눈속으로 빨려 들어갔다. 깊고 잔잔한 호수라고 생각했다. 그 찰나, 그녀가 입을 뗐다.

"당신은 누구죠?"

그녀의 목소리는 무척 허스키했다. 그는 멍한 상태였다. 그녀가 재차 말했다.

"난 바다 정령 '아라'예요."

미소를 머금은 얼굴이 평화스러웠다.

"아… 낚시를 하고 있었는데…. 바다 정령이라고요?"

"네, 난 바다에서 살아요. 그곳은 선계[1](仙界)와 같아요. 오늘은 이 작은 섬에 선계의 공간이 열리는 날이에요."

송종문은 들어도 알 수 없는 얘기였다. 선계라니. 그럼 이 여자가 선녀? 그런데 바다 정령은 뭐지?

"궁금해요. 혹시 나에게 이곳 세계에 대해 말해 줄 수 있나요?"

"여기요?"

"네, 영화에 대해 알고 싶어요. 그리고 핸드폰은 어떻게 쓰나요?"

아라는 선계에서 지상 세계에 대한 궁금함을 못 참아 내려온 것이다. 그날부터 두 사람은 매일 밤이면 죽도에서 만나 서로의 세계에 대해 말하며 가까워졌다. 아라는 낮에는 바닷속으로 사라졌고, 밤이면 죽도에 모습을 드러냈다.

* * *

"선계는 서쪽 끝에 있어요. 동쪽 끝에는 천계(天界)가 있죠. 선계와 천계 사이에 지상 세계와 마계(魔界)가 공존해요. 흠… 선계에서 지상 세계로

---

1) 선계(仙界): 신선들이 사는 세계.

내려오려면 덕을 많이 쌓아야 해요. 그리고 선계의 주인이신 서왕모[2](西王母)의 허락을 받아야 하죠. 선계는 지상 사람들의 이상향이자 장생불사의 세계죠."

송종문은 아라의 말을 귀담아 듣고 있었다. 선계라니…. 그런 세계가 정말 존재하나? 아라는 그럼 영원히 사는 건가? 아라의 말은 또 이어졌다.

"우리 서왕모의 남편이 정령왕(精靈王)이세요. 제 아빠예요. 아빠는 모든 정령들의 임금이시죠. 제가 지상 세계로 내려와 보고 싶다고 엄마, 아빠에게 부탁을 했어요. 그래서 문을 열어 주셨죠."

"그럼 아라는 선계의 공주군요?"

"호호. 그런 셈이죠."

송종문은 아라에 대해 궁금한 것이 많았다. 그가 물었다.

"바다 정령이니 바닷속을 맘대로 다닐 수 있겠네요?"

"호호. 난 바닷속에서도 숨을 쉴 수 있어요. 그리고 무척 빠르죠. 정령은 넷이에요. 물의 정령, 불의 정령, 땅의 정령 그리고 바람의 정령이죠.

---

2) 서왕모(西王母): 장생불사의 약을 가지고 있는 선녀, 신선들의 여왕이다. 음양설에서는 해 질 녘의 여신이라고 불린다.

그중에 제가 제일 높아요."

그들은 날이 갈수록 친해졌다.

아라와 송종문이 만난 지 두 달이 넘어섰다. 그들은 서로 사랑에 빠졌다. 아라는 송종문의 첫사랑이었다. 보름달이 유독 커 보이던 어느 밤, 아라는 송종문에게 숨겨 온 사실을 말했다.

"종문 씨. 일 년 후, 보름달이 뜨면 공간이 다시 열려. 난 거기로 가 봐야 해."

"뭐라고? 떠나야 한다는 말이야?"

"응."

"그럼 언제 다시 오는데?"

아라는 말이 없었다. 그녀는 송종문의 어깨에 머리를 기댔다. 그날 밤, 그들은 밤을 지새웠다.

* * *

아라는 임신을 했다. 두 사람의 사랑은 더욱 커져만 갔다. 아라의 배는 갈수록 부풀었다. 송종문과 아라는 서로 몸을 기대고는 밤하늘의 별들을 바라보며 말없이 껴안고 있곤 했다. 죽도의 밤하늘엔 엄청난 수의 별들이 쏟아질 듯 빛을 발했다. 두 사람이 말없이 서로를 안고 있는 시간이 점점 늘어 갔다.

음력 칠월 칠석 밤이었다. 죽도의 밤하늘에 저 멀리 은하수가 보였다. 하늘을 바라보던 송종문은 아라에게 물었다.

"아라가 떠나게 되면 우리를 만나게 해 줄 오작교[3](烏鵲橋)는 뭘까?"

"오작교요? 은하수 사이에 다리를 놔준다는 그 까마귀와 까치 말이죠?"

"응…."

아라는 얼굴에 미소를 지으며 송종문을 바라보았다. 그녀는 잠시 생각하더니 송종문의 한 손을 자신의 배에 갖다 대며 말했다.

"이 아기가 있잖아요. 이 애는 우리의 오작교예요…."

두 사람은 빙그레 웃었다. 그리고는 서로의 눈빛을 바라보며 키스를 했다.

---

3) 오작교(烏鵲橋): 음력 칠월 칠석 밤에 견우와 직녀 두 별이 서로 만날 수 있도록 까마귀와 까치가 은하에 모여서 자기들의 몸으로 죽 잇대어 만든다는 다리이다.

일 년은 생각보다 짧았다. 순식간에 일 년이란 시간이 끝나갔다. 어느 날 밤 아라는 고통 속에 아이를 낳았다. 딸이었다.

"이 아이를 '달기'라고 하세요. 이 아이는 달의 기운을 받지 못하면 죽을 운명이에요. 달의 기운이 가장 강한 곳을 찾아 거기서 이 아이와 함께 사세요."

"달기…. 알았어, 아라. 힘들 테니 더 이상 말하지 말고 쉬어요."

그때 그들 위의 공간이 흔들리며 갈라지기 시작했다. 갈라진 틈 사이로 빛이 강렬히 뿜어져 나왔다. 아라는 가야 했다.

"종문 씨. 달기를 잘 부탁해."

"걱정 마. 내가 잘 키울게."

"미안해, 종문 씨…."

아라는 공간 속으로 사라졌다. 핏덩이 같은 달기를 껴안고 송종문은 넋이 나간 사람처럼 멍하니 아라가 사라져 간 곳을 바라보고 있었다.

월하산

나라에서 달의 기운을 가장 많이 받는 곳은 서울 북쪽에 있는 월하산(月下山)이었다. 월하산은 서울에서 가장 큰 산이었다. 높이는 1,600m. 산이 빼어나게 아름다우면서도 웅장한 모습을 지닌 명산이었다.

월하산은 수(水)의 기운이 강한 산이었고 달의 기운이 엄청난 곳이었다. 바다 정령의 딸 달기가 머물기엔 최적의 장소였다. 송종문은 달기를 품에 안고 울릉도에서 서울까지 와서는 곧바로 월하산으로 갔다.

입구에서 산 중턱까지 좁은 도로가 나 있었는데 1시간에 한 대씩 셔틀버스가 등산객들을 날라다 주었다. 버스를 타고 산 중턱에 다다른 송종문은 아기를 품에 안은 채 동북쪽으로 난 좁은 산길을 걸어 오르기 시작했다. 10여 분을 걸어 올라가자 구화문(求花門)이 보였다.

송종문은 구화문을 보고 감개가 무량했다. 그는 소싯적에 여러 번 이곳에 온 적이 있었다. 구화문은 네 개의 큰 기둥 위에 우진각지붕[4]이 얹혀

---

[4] 우진각지붕: 지붕면이 사방으로 경사를 짓고 있는 지붕 형식으로, 정면에서 보면 사다리꼴 모양이며 측면에서는 삼각형으로 되어 있다. 남대문, 창덕궁, 돈화문, 덕수궁 대한문 등이 우진각 형식이다.

기통문

있는 아름답고 멋들어진 대문이었다. 구화(求花)란 뜻은 '꽃을 구한다.'는 것인데 송종문도 그 의미는 잘 몰랐다.

만물이 소생하는 봄의 한가운데였다. 청산걸인(靑山乞人)이 몇몇 여제자와 함께 문밖에 나와 그들을 기다리고 있었다. 갓난아기는 송종문의 등에 딱 달라붙어 잠든 채였다.

"종문. 이게 얼마 만인가? 울릉도로 갔다는 얘긴 들었어."

"아버님. 평안하셨는지요? 정말 오랜만이네요."

청산걸인은 70살로 이곳 기통문(棋通門)이란 바둑 도량의 수장이었다. 송종문이 언더 바둑계에서 '저승사자'로 크게 이름을 날릴 때 문주 청산걸인과는 매우 각별한 사이였다. 청산걸인은 송종문이 힘들어할 때마다 그에게

"넌 훗날 바둑계에서 큰 인물이 될 거야!"

라며 힘을 북돋아 주곤 했다. 송종문도 아버지처럼 그를 따랐다. 청산걸인은 보자기에 싸여 잠을 자고 있는 아기의 동그란 얼굴을 유심히 들여다보았다.

"그래. 이 아긴가?"

"네, 문주님. 달기라고 합니다."

송종문은 등에 업었던 달기를 양손으로 감싸 들었다.

"달기라…. 허…. 이름이 딱 달의 기운 없인 살 수 없는 이름이군. 허허…."

잠이 깬 아기는 잠시 눈을 깜박이더니 청산걸인을 보고 방긋 웃으며 손으로 그의 수염을 잡으려 했다. 눈이 동글동글하니 검고 맑았다.

"네. 이 아기는 살 곳이 여기밖에 없습니다. 여길 떠나면 죽고 말 겁니다. 아버님. 이 아기를 받아 주십시오."

여제자 하나가 송종문의 손에서 아이를 정성스레 받았다. 청산걸인이 말했다.

"걱정 말게. 내 이 아이를 잘 돌보겠네."

* * *

송종문은 한 달 후 월하산 밑의 도심지에 망망기원(望望棋院)을 차렸다. 기원(棋院)은 바둑 두는 곳을 말한다. 망망(望望)은 떠나간 바다 정령 아라를 그리워하는 마음을 담고 또 끝없이 펼쳐진 망망대해를 생각하며 지은 이름이었다.

초능력

🌙

그로부터 20년 후. 바둑은 한·중·일뿐만 아니라 유럽·미국·동남아·인도 등에 퍼져 나가 바둑을 배우고 취미로 삼는 사람들이 굉장히 많아졌다. 우후죽순처럼 각 나라에서 프로 기사들을 배출했고 그들은 세계 대회에서 좋은 성적을 올리곤 했다.

3년 전에는 중국에서 열린 '국화배' 결승에 인도의 '굴샨 그로버'가 올라 인도 전역이 난리가 났었다. 그는 인도 기원 소속으로 프로 구단이었다. 비록 아깝게 중국의 '왕웨이'에게 분패했지만, 그 뒤로 인도의 바둑 붐은 폭발적으로 일어났다.

*   *   *

월하산 중턱 기통문. 봄이 왔다. 앞마당에는 수선화(水仙花)가 가득 피었다. 마당을 빙 둘러서 있는 정원에는 봄에는 수선화가 여름에는 달맞이꽃이 가득 피곤 했다.

여기는 팔선전(八仙殿). 기통문에서 가장 큰 건물인 팔선전 이름은 내부 오른쪽 벽에 큼지막이 걸려 있는 팔선도(八仙圖) 그림 때문이다. 팔선도는 여덟 명의 신선들이 각각 특색 있게 그려진 조선 정조 시대의 작품이다. 건물 외벽에 덩굴장미들이 빼곡하게 담장을 타고 올라 있었다.

'끄응… 아이고, 손이야….'

팔선전 내에서 달기는 톨스토이의 《부활》을 필사하고 있었다. 벌써 펜을 쥔 손 마디마디가 아파 왔다. 일주일 동안 끝마쳐야 했다. 오후 내내 썼는데 열 페이지 밖에 못 썼다. 부활은 500페이지나 되는 장편소설이었다. 그녀가 A와 다툰 벌이었다. 기통문 문주 진호림은 A에게는 한 달간 문파를 떠나라는 중벌을 내렸다. A로서는 지옥 같은 한 달일 게 분명했다.

"달기야, 화내지 말아라. 흥분하지 말아라."

십 년 전, 문주 진호림은 달기에게 신신당부를 했고 모든 사람에게 달기와 싸우는 자는 엄벌에 처하겠다고 공표했다. 달기가 사랑스럽고 아껴주고 싶어서 이런 명이 내려진 것은 결코 아니다.

달기가 열 살 때, 또래 여자 한명과 크게 다투었다. 달기는 화가 나면 고래고래 고함을 지르고 비명 비슷한 소리를 내곤 했는데 그 악쓰는 것이 예사롭지 않았다. 그녀는 목소리가 약간 허스키했다. 비명을 질러 대면 여자 특유의 날카로운 고음에 허스키한 음색이 가미되어 듣기에 무척 무서운 느낌이 들었다. 그날도 달기는 그녀와 싸운 뒤 열이 받아 두 손으로 머리를 감싸 쥐고는 소리를 질렀다.

"아악! 으아아악!"

그런데 갑자기 기통문 내의 모든 시스템이 다운이 되었다. 컴퓨터의 모니터 화면이 나가고, 네트워크 장비가 기능을 멈춰 먹통이 되었다. 불도 다 꺼졌다. 엄청난 일이었다. 달기가 난생처음 '능력'을 쓴 날이었다.

기통문 사람들은 그날 이후로 달기에게 초능력이 있다는 것을 알게 되었다. 문주는 사람들에게 달기와 절대 싸우지 말라는 명을 내렸다. 이날도 달기는 A와 싸운 뒤 고함을 질러 대 숙소인 홍옥5)(紅屋)의 건물 전체가 전기가 나가 버렸다.

"네홀류도프. 뭔 이름이 이리 기냐…. 미치겠다."

러시아의 문호 톨스토이의 작품 《부활》의 주인공 이름이다. 그녀는 낑낑대며 필사에 여념이 없었다.

*　　*　　*

달기는 월하산 밖을 나가 본 적이 없다. 그녀의 운명이다. 달의 기운을 받지 못하면 금세 기력을 잃고 쓰러진다. 월하산은 달의 기운이 나라에서 제일 센 곳이었다.

---

5)　홍옥(紅屋): 기통문 여제자들이 묵는 곳. 남자들은 청옥(青屋)에 묵는다.

그녀는 머리가 비상했다. 독학으로 초·중·고 검정고시를 우수한 성적으로 통과했다. 아버지인 송종문을 닮아서인지 바둑도 뛰어나 문파에서 매달 치루는 리그전에서 늘 상위권을 유지했다. 기통 문파의 50여 명의 제자는 하나같이 바둑에 대해서라면 둘째가라면 서러워할 만큼 고수들이었다. 그런 약육강식의 정글 같은 문파 내에서 상위권을 유지하기란 쉽지 않았지만 그녀는 해내고 있었다.

월하산 밑에서 20km 정도에 월하 사거리가 있다. 사람들은 그곳을 줄여 '월사리'라고 불렀다. 지하철이 다니고 빌딩들이 잔뜩 솟아올라 있는 꽤 큰 도심지였다. 거기에 그녀의 아버지 송종문의 망망기원이 있다. 송종문은 달기가 전화를 하면 곧장 달려오곤 했다.

"아빠. 빨리 좀 와 줘!"

"무슨 일이야?"

"아… 글쎄 책을 필사하는 중인데 더 이상 못 쓰겠어…. 손이 너무 아파."

"또 벌받는 거야?"

"내가 우물 안 개구리래. 월사리도 못 간다고…."

"이런… 괘씸한 놈이 있나….”

"그러니 화가 안 나겠어?"

"알았어. 문주님에게 잘 말씀드려 볼게.”

달기가 어떤 능력을 가졌다는 걸 사람들이 안 뒤로 달기는 외톨이가 되었다. 사람들이 그녀를 피한 것이다. 일명 왕따. 달기는 외로웠다. 그녀의 유일한 친구는 동갑내기 사내 활귀였다.

활귀

활귀는 스무 살의 천애고아였다. 가족도 친척도 없었다. 바둑은 꼴찌였다. 대학 진학을 포기할 정도로 머리가 나빴다.

"무슨 책이야?"

그는 팔선전에 들렀다가 끙끙대는 달기를 보고 다가와 웃는 얼굴로 물었다. 웃으면서 왼쪽의 송곳니가 드러났는데 그의 트레이드 마크였다.

"보면 몰라?"

달기는 한껏 화가 나 있었다. 활귀는 달기의 눈치를 보며 한마디 더 했다.

"음… 부활이라…. 죽었다가 다시 살아나는 것이 뭘까?"

달기가 펜을 내려놓고 어이없다는 듯이 활귀를 노려봤다. 니 거시기냐? 하고 말할 뻔했다. 서로 눈이 마주쳤다. 활귀는 살살 달기의 눈을 피하며 옆자리에 털썩 앉았다. 가방에서 책 한 권을 꺼내 놓은 후, 팔짱을 끼고는 읽기 시작했다. 활귀의 행동을 계속 째려보던 달기가 말했다.

"퇴마사활? 이해는 되냐?"

"이 문제의 정답은 후절수[6](後切手)가 아닐까? 음⋯."

"크크⋯. 빨랑 가라. 옆에서 약 올리지 말고."

달기는 어느새 웃고 있었다. 달기는 활귀를 좋아했다. 활귀도 달기를 좋아했다. 그들은 어느 면에서 외톨이였고 그래서인지 함께하는 시간이 많았다.

잠시 후 관리장 허통이 팔선전에 들어왔다. 허통은 달기를 보자 그녀 쪽으로 걸어오며 물었다.

"달기야. 어떻게 홍옥 건물만 정전시켰냐? 신기하네⋯. 저번엔 청옥을 그러더니."

달기는 창피한지 잠시 동안 말이 없었다. 펜을 놓고는 끄적이던 손가락을 다른 손으로 주물럭거리며 말했다.

"저도 몰라요. 어쩔 땐 지구상의 모든 시스템도 다 부술 수 있을 것같이

---

6) 후절수(後切手): 잡힌 돌을 키워 죽인 뒤, 되 따내는 고급 수법.

힘이 넘쳐요. 근데 막상 에너지를 쓰고 나면 힘이 하나도 없어져요. 끙….”

달기는 펜을 쥐었던 손가락이 아픈지 자꾸 만지작거렸다. 허통이 말했다.

“좀 쉬어. 손 아플 텐데. 홍옥의 전기는 아무래도 며칠 걸려야 고칠 수 있을 것 같아. 전기 기사를 불렀는데 며칠 걸릴 것 같다고 하네.”

“죄송해요. 관리장님. 제가 또 일을 저질렀네요.”

“하하. 괜찮아. 관리실 CCTV는 무사하니까. 하하.”

허통은 크게 웃으며 말했다. 활귀와 달기도 웃음을 터트렸다.

*　*　*

활귀와 달기는 마당을 거닐었다. 달기가 잠시 펜을 놓고 쉬는 시간이었다. 봄이 훌쩍 다가와 앞마당에는 노란 수선화(水仙花)가 가득 피어 있었다.

“수선화의 꽃말이 뭔지 알아?”

달기는 20년 동안 생각지도 못했던 수선화의 꽃말을 묻는 질문에 어안이 벙벙해졌다. 얘가 나한테 작업 거나?

"몰라?"

"뭔데? 혹시 러브…?"

"크크. 아니야. 수선화의 꽃말은 '자존심, 고결, 신비'야."

활귀의 말에 달기는 곰곰 듣기만 했다. 이 녀석이 좀 멋있는 구석이 있군. 한 방 먹었는걸.

"수선화는 한자로 물 수(水) 자에 신선 선(仙) 자야. 바다 정령을 수선(水仙)이라고 표현할 수 있지."

달기는 활귀가 꽃말을 물어보는 통에 한 방 먹은 상태였는데 이 말을 듣고는 KO를 당할 지경이 되었다. 자기 어머니가 바다 정령임을 아는 사람은 이 세상에 아빠 송종문과 자신 두 사람뿐이었기 때문이다. 달기의 얼굴이 약간 벌개졌다. 활귀는 말을 이어 갔다.

"바다엔 정령들이 산대. 너와 해변가를 거닐며 바다 정령들과 얘기해 보고 싶어. 하하."

"혹시… 너 나 좋아하냐? 근데 어쩌냐. 난 바다에 갈 수 없는 걸…."

"언젠간 그날이 올 거야. 원장님이 꼭 치료제를 개발하실 거야."

원장은 망망기원 송종문을 두고 한 말이었다. 송종문은 20년 동안 달기가 달의 기운 없이도 세상 밖에 나와 생활할 수 있게 하려고 끝없는 노력을 기울이고 있었다. 달기는 활귀가 멋있어 보였다. 활귀의 트레이드 마크인 왼쪽 송곳니가 빛에 반짝였다.

* * *

달기가 기통문에 들어오기 한 달 전, 여제자 하나가 구화문 앞에 갓 태어난 아기가 보자기에 싸인 채 바구니 안에서 울고 있는 것을 발견했다. 청산걸인은 그 아기를 거두어 길렀다.

문주는 아기 이름을 활귀라 지었다. 청산걸인은 불교에서 쓰이는 활구 (活句)라는 단어를 연상하며 아이 이름을 지었다. 활구란 '의미가 있고 뜻이 통하는 말'을 의미했다. 말만 앞세우지 않고 실천하는 사람이 되라는 마음에서였다.

한 달 후 달기마저 기통문에 들어오게 되자 문주는 두 아기를 정성스레 길렀다. 활귀는 돌보는 부모가 없어 성격이 비뚤어질 수도 있었지만 문파의 모든 제자들이 사랑으로 아껴 주어 스무 살이 되도록 별 탈 없이 자랐다.

활귀와 달기는 어려서부터 함께 자라 오누이처럼 가까웠다. 활귀는 표현이 좀 서툴고 그래서 엉뚱해 보이는 경우가 있었는데 달기는 그런 모습 속의 진심을 보곤 했다.

기통문 사람들

15년 전, 친할아버지 청산걸인의 뒤를 이어 제 16대 문주가 된 진호림은 대대로 내려오는 문파의 사활집 퇴마사활의 증보판을 만들기 위해 각고의 노력을 했다.

오전 9시만 되면 문파의 제자들은 모두 팔선전에 모여 사활을 연구하여 새롭게 만들고, 시대에 뒤떨어지는 문제들은 삭제했다. 그리하여 증보판인 신-퇴마사활(新-退魔死活)이 만들어졌다. 이 책은 기통문의 비밀 서적으로 문파 제자들만 볼 수 있었다.

이를 계기로 그 후로도 서너 명씩 팀을 이루어 오전 중에 사활을 연구하는 풍토가 조성되었다. 바둑에서 사활[7](死活)은 실력을 기르는 데 아주 중요했다.

사활 모르고 바둑 두지 마라.

바둑 두는 사람치고 제일 처음 듣는 격언이다. 비찰과 달기, 활귀와 닉시(Nixie) 네 사람이 오전에 사활을 공부하기 위해서 팔선전에 모였다.

---

7) 사활(死活): 돌의 죽고 사는 행태로, 최소한 서로 다른 두 집이 따로 있어야 가능하다.

"활귀! 후절수는 아니야. 되 따내도 이렇게 두면 두 눈이 나버려."

비찰은 바둑판에 돌을 놓으며 말했다.

"억! 사형 이런 기막힌 수는 어떻게 본 거야?"

"끙…. 이건 기본적인 수법이잖아."

비찰은 삼십대 초반으로 무척 뚱뚱했다. 손이 좀 도톰했는데 돌 놓는 폼이 멋졌다. 모임의 리더였다. 달기가 옆에서 깔깔거렸다.

"에구…. 어제 공부한 게 이거였어? 크크. 아무래도 활귀는 빼자. 크크."

달기의 좀 심한 말에 활귀는 잔뜩 얼굴이 찌그러졌다.

"닉시. 이거 정말 쉬운 문제야? 난 통 어렵던데…."

"글쎄…. 수가 안 보이기 시작하면 하루 종일 붙잡고 있어도 못 봐. 달기. 나가라니…. 너무하잖아."

닉시는 유창한 한국말로 달기를 몰아붙였다. 그녀는 미국인이었고 달기, 활귀와 나이가 같은 스무 살이었다.

기통문

닉시는 삼 년 전, 미국에서 부모 곁을 떠나 바둑 유학을 왔다. 전통의 명문 기통문에 들어올 수 있었던 것은 오로지 그녀의 바둑이 셌기 때문이다. 검은 머리였고 멕시코 히스패닉인 부모처럼 구릿빛 피부였다.

"아, 몰라! 점심 먹고 책 베끼려면…. 끙…."

달기가 투덜거리고 있을 때 관리장 허통이 들어왔다.

"비찰아. 활귀 좀 쓰자."

"아, 관리장님. 저희 이제 다 끝났어요. 맘껏 쓰세요. 하하."

50살의 관리장 허통은 문파 내의 궂은일을 혼자 도맡아 했는데 손이 필요할 때 활귀의 도움을 받곤 했다.

"아, 형님. 제가 도와드릴게요."

활귀는 엉뚱했다. 나이 차가 꽤 많이 나는 허통을 형님이라고 불렀다. 그런데 허통은 그걸 대수롭지 않게 여겼다.

근심하다

"구도. 카운티 좀 봐."

"어디 가시게요?"

"응. 딸내미가 또 사고를 친 모양이야."

"크크. 이번엔 뭘 부쉈대요?"

"몰라. 걔도 성깔 좀 줄여야 돼. 날 닮았으면 절대 성질 안 부리지."

"엄마 닮았단 말씀? 아닌 거 같은데요?"

"뭐야? 난 성깔 없거든? 죽을래?"

　여기는 망망기원. 원장 송종문은 기원을 구도에게 잠시 맡기고 기통문으로 갈 생각이다.

　구도는 장가를 안 갔다. 기원에서 조금 떨어진 원룸에 살고 있다. 12시만 되면 어김없이 기원에 와서는 하루 종일 있곤 했다. 20년 전 구도가 대학생 때 원장을 만났으니 그는 망망기원의 산증인이나 마찬가지였다. 이곳을 다니며 대학을 졸업하고 군대를 다녀오고 취직을 한 삼 년 했나. 그리고는 줄곧 백수다. 날렵한 몸에 얼굴은 꼭 시골서 농사짓는 농부처럼 검었다. 평상시엔 얌전했는데 술을 마시면 아주 유쾌해지는 친구였다.

* * *

송종문이 구화문에 들어서니 달기가 반갑게 불렀다.

"아빠!"

달기가 송종문의 품에 덥석 안겼다.

"이것아, 참아야지. 참는 자에게 복이 있나니….."

"문주님에게 말 좀 해 줘. 손 아파서 더 이상 못쓰겠어."

송종문은 미소를 지으며 달기의 머리를 손으로 쓰다듬었다. 그는 마당의 5층 석탑을 쭉 가로질러 가서 문주가 묵는 혁인당(奕人堂)에 다다랐다.

구화문·팔선전·월광정·혁인당·홍옥·청옥 등 모든 기통문의 건물 이름은 삼백 년 전 기통문을 세운 '독고혁인 천원화'가 지은 것이다.

　　　　　*　　*　　*

　송종문은 달기와 함께 마당을 산책했다. 두 부녀는 손을 잡고 걸었다. 달기가 고마움을 표시했다.

　"아빠. 고마워. 헤헤."

　송종문은 빙그레 웃으면서 달기의 머리를 아까처럼 쓰다듬었다. 월광정(月光亭) 앞의 작은 연못에 다다랐다. 붕어들이 입을 빼꼼 내밀며 수면 위로 올라왔다.

　"그래. 활귀와는 잘 지내니?"

　"응. 친해, 우리는."

　송종문은 뭔가 말을 하려다 멈추었다. 달기가 그런 그를 빤히 쳐다보며 물었다.

　"왜 말하려다 말어?"

　"아니야. 하하. 달기한테 들켰네. 눈치가 백단이다, 야."

　"뭔데? 말해 봐."

"사실… 난 네가 활귀와 가깝게 지내는 게 실은 못마땅해."

달기는 깜짝 놀랐다. 두 부녀는 잡았던 손을 놓았다. 송종문은 말을 이어 갔다.

"달기는 날 닮아서 머리가 비상해. 똑똑하지. 그런데 활귀는 머리가 너무 나빠. 부모도 없는 데다 성격도 티미해. 너하곤 맞질 않아. 그리고 이제 너희들은 스무 살이야. 어릴 때하곤 달라."

"아빠. 난 이곳의 달빛을 떠나선 살 수 없어. 나에게도 단점은 많아. 그런 이유로 활귀를 버릴 순 없어."

두 사람은 다시 천천히 걸었다. 두 사람 다 더 이상 말이 없었다.

라이벌

새벽 6시가 되면 문파 사람들은 하루를 시작했다. 마당을 청소하는 것은 활귀를 비롯한 십여 명의 제자들의 몫이었다. 마당은 꽤 넓었다. 그곳엔 나무들과 샘물터, 불상, 석탑 등이 있어 청소할 곳이 좀 되었다. 마당에는 거대한 느티나무가 하나 보인다. 수령이 삼백 년이 넘었다. 마당 한가운데 5층 석탑이 있고 청옥 건물 왼쪽 끝에 샘물이 있고 그 옆에 목조 불상이 있다.

이 좌불상은 여타의 불상들과는 달리 보관[8](寶冠)이 없고 금색으로 입혀지지 않았다. 이 불상의 정확한 명칭은 '목조관세음보살좌상'이다. 관세음보살은 대자대비(大慈大悲)의 마음으로 중생을 구제하고 제도하는 보살이다. 얼굴은 넓적하고 눈은 반쯤 뜬 채 아래를 응시하고 있으며 코가 높았다. 입술 끝이 살짝 위로 올라가 옅은 미소를 띠었다. 양팔을 길게 펼치고 있는데 가부좌를 하였다. 크기는 장정만 했다.

기통문이 생길 때부터 이 불상은 문파 사람들의 정신적 안식처가 되어 주었다. 불교 신자이든 아니든 문파 사람들은 힘들거나 어려울 때, 늘 이 불상 앞에서 기도를 드렸다.

---

8) 보관(寶冠): 머리에 쓴 금으로 된 관.

일요일이었다. 문파의 대부분이 밖으로 나갔다. 교회 예배를 보러 가는 것이다. 월하산 초입에 있는 월하사(月下寺)로 가는 불교 신자도 꽤 되었다. 기통문은 한산했다.

활귀와 달기, 닉시는 함께 월광정(月光亭)에 있었다. 월광정은 꽤 컸다. 내부에 있는 원형 테이블에는 의자가 열 개나 있다. 정자 앞에는 자그마한 못이 조성되어 있다. 그들은 종교가 없었다. 일요일엔 누가 터치하는 사람도 없었기에 자유롭게 휴식을 취할 수 있었다. 그들은 쟁반에 담아 가지고 온 '허니 넛 쿠키'를 먹었다.

"야. 이거 꿀맛이네!"

달기는 단 음식을 무척 좋아했다. 눈빛이 빛났다. 활귀가 장난기가 발동했다. 한입에 쿠키 한쪽을 입에 집어넣고는 말했다.

"아. 참 달기도 하다. 달기하고 같이 먹으니깐 더 달기도 하네."

닉시가 키키거리며 웃었다. 달기는 약간 열이 받았다.

"야, 그걸 유머라고 하냐? 너 여자 친구나 사귈 수 있겠냐? 이런 똥 유머 가지고?"

"뭐? 똥 유머? 먹고 있는데 그 단어 꼭 써야겠냐?"

둘은 티격태격했다.

너무 가까운 그들을 보며 닉시는 약간 샘이 났다. 삼 년 전 기통문에 입회하고 이국 땅, 새로운 환경에 적응하느라 애를 먹고 있을 때 다가와 힘을 준 활귀였다. 닉시는 활귀가 꽤 좋았다. 그렇지만 활귀 옆에는 늘 달기가 있었다. 그들의 가까운 모습에 가끔 샘이 났다. 갑자기 달기가 닉시에게 물었다.

"닉시. 소문주는 또 나간 거야?"

"으응? 그런가 봐. 월사리에 갔나 봐."

달기가 근심하는 투로 말했다.

"후계자 신분으로 자꾸 밖의 세계를 맴도니… 좀 보긴 안 좋아. 삼 일 전에도 외박하고 말이야."

"소문주가 벌써 서른이야. 월사리에 가야 애인을 사귀지. 크크."

활귀가 이렇게 말하자 모두 활귀를 째려보았다. 그는 무안했던지 물컵에 손을 대고는 먼 데 하늘을 바라보며 벌컥 들이켰다.

달기와 닉시가 숙소로 빨래를 하겠다며 간 뒤, 혼자가 된 활귀는 관음보살 앞으로 갔다. 그는 손을 모았다. 진지해진 그는 지그시 눈을 감았다.

'관음보살님. 저 이제 어떡하죠? 여기서 바둑은 꼴찌고 대학도 실패해서 뭘 하면서 먹고살지 걱정이에요. 달기와 무지 친한데… 능력 없는 저를 떠나 버릴 것 같아요. 꿈을 꾸곤 해요. 달기가 제 곁을 떠나는….'

활귀는 가끔씩 마당의 관음보살 앞에서 기도하곤 했다. 그러면 답답한 마음이 조금 풀어졌다.

2장

EM, Every Mind

EM, Every Mind

🌙

"박 부장. 내가 알아보라고 한 바둑계의 현황 말이야."

"네, 사장님."

"어디 한번 들어 보자고."

"네, 사장님. 이쪽 화면을 보시죠."

EM 회사의 17층 회의실. 사장과 기획실장, 바둑부의 박 부장 셋이 회의를 시작했다. 박 부장은 프레젠테이션을 했다.

"현재 바둑계는 한국기원, 대한바둑협회로 나눠져 있고, 비류문, 양부문, 기통문의 세 바둑 문파가 영향력을 행사하고 있습니다. 특히 세 문파는 전국 각처에 지부를 두고 다양한 바둑 사업을 하고 있습니다. 또 사백여 명의 프로들이 소속된 한국기원은 재단법인으로 명실상부한 우리나라 바둑의 총본산입니다."

"한국기원의 재정 상태는 어때?"

"그게… 전임 총재인 곽주금의 방만한 운영으로 돈이 말라 버린 상태입니다. 일각에서는 한국기원 위기설이 나오고 있습니다. 곽주금이 해외 투자 등에 엄청난 자금을 썼다가 이사회의 반발로 임기를 다 채우지 못하고 쫓겨난 상태입니다."

"돈이 절실히 필요하겠군. 음… 우리 회사 사정상 큰돈을 후원하긴 힘들어…. 361이 대박이 나면 몰라도."

361이란 숫자는 바둑판의 가로 19로와 세로 19로를 교차해가는 교차점의 개수였다. 바둑판에서 돌을 놓을 수 있는 자리가 361개인 것이다. EM은 '361'이라는 이름의 바둑 인공지능을 개발하여 판매 중이었다.

"바둑계를 장악하려면 어떻게 하면 될까? 그러면 우리가 원하는 밑그림이 그려질 텐데 말이지…."

사장의 질문에 박 부장은 대답을 못하고 우물쭈물했다. 기획실장 허달회가 박 부장을 째려보더니 말했다.

"사장님. 일단 바둑계를 지배하려면 이곳저곳 도처에 있는 세 문파부터 우리들 안으로 흡수해야 합니다. 그 문파들이 바로 바둑계를 하부로부터

지탱하고 있는 아틀라스[9]입니다."

"아틀라스?"

"네, 사장님. 그리스 신화에 나오는 신인데 제우스에게 진 뒤로 대지의 끝에서 하늘을 떠받드는 벌을 받았다고 전해집니다. 세 문파는 바둑계에 있어서는 아틀라스와 같습니다."

허달회의 말에 이어 박 부장이 걱정스러운 듯이 말했다.

"이 세 문파는 바둑계에 거미줄같이 퍼져 있고 많은 프로 기사들을 배출하고 있습니다. 옛날 중국에 개방(丐幫)이라는 거지들의 조직이 있었죠. 개방이 중국 전역에서 중요한 정보들을 가지고 있었듯이 세 문파에게는 바둑 전반에 대한 정보들이 모입니다. 세 문파 모두 역사가 백 년이 넘었습니다. 특히 기통문은 삼백 년이 다 된 단체입니다. 이 문파들을 우리가 흡수하기란 쉽지 않을 것 같습니다. 다만… 한 가지…."

"다만 뭐지?"

"네, 사장님. 양부문이란 문파가 지금 파행을 거듭하고 있습니다. 무리

---

9) 아틀라스: 아틀라스는 제우스와 티탄과의 싸움에서 티탄의 편에 붙어서 제우스를 상대로 싸웠는데, 티탄이 제우스에게 토벌당하자 아틀라스는 그 벌로 대지(가이아)의 서쪽 끝에 서서 하늘(우라노스)을 떠받들고 있는 형벌을 받게 되었다.

한 세 확장 정책으로 자금이 말랐어요. 그리고 문파의 주인인 양부귀는 돈을 밝히고 경제를 등한히 하여 문파가 빚더미에 올라 있다고 합니다."

"음… 잘하면 우리가 흡수할 수도 있을 것 같군."

사장 유간산의 입꼬리가 올라갔다. 사악한 미소였다. 사장의 눈치를 보던 기획실장이 말했다.

"사장님. 제가 아는 기통문 사람이 하나 있습니다. 변정이라고 합니다. 그놈이 후계자입니다."

"그래?"

사장은 후계자라는 말에 놀랐다. 그는 창밖을 바라보았다. 창밖으로 월하산이 높이 솟아 있었다.

"저 월하산 중턱에 있는 게 기통문이지?"

"네, 그렇습니다. 그 녀석하고 제가 좀 친합니다. 제 고등학교 후배거든요. 인공지능에 대해 무척 관심이 많아서 저에게 자주 우리 회사 같은 데서 일하고 싶다고 합니다. 그런데 기통문을 떠나는 걸 두려워하는 것 같아요."

사장은 회심의 미소를 지었다.

"그 녀석을 우리 회사로 데려오고 싶군⋯."

* * *

유간산. 그는 EM(Every Mind)라는 회사의 오너이자 CEO(최고 경영자)였
다. 20층 사장실에서 창밖을 내려다보았다. 거리는 사람들로 북적였다.

'음⋯. 비류문, 기통문, 양부문⋯. 그들이 나에게 날개를 달아 줄 거야.'

월사리 중심부에 위치해 있는 EM 회사는 인공지능 개발회사였다. 사
장 유간산은 바둑을 좀 좋아하는 천재적인 과학자였다. 특히 인공지능
로봇 설계에 있어서 독보적이었다. 그가 20층짜리 빌딩에 직원을 삼백
명이나 둘 수 있었던 것도 로봇 설계로 큰돈을 벌었기 때문이었다.

현재 그는 인간의 마음을 닮은 AI를 구상하고 있었다. '마음의 창조'는
그가 어릴 적부터 꾸어 온 소중한 꿈이었다. 거대 네트워크상에 존재하
는 어머니. 인류의 모든 정보를 가진 인격체 [10]페르소나.

----

10) 페르소나(persona): 본래는 연극배우가 쓰는 탈을 가리키는 말이었으나, 그것이 점차
    인간 개인을 가리키는 말로 쓰이게 되었다. 철학 용어로는 이성적인 본성(本性)을 가
    진 개별적 존재자를 가리키며, 인간·천사·신 등을 페르소나로 부른다.

처음엔 막막하기만 했던 마음의 창조를 현실화시킬 수 있다는 자신감이 생긴 건 극히 최근의 일이다. 문명은 급속도로 진보해 갔고 하드웨어와 소프트웨어의 비약적 발전은 이 프로젝트를 현실화시킬 수 있다는 가능성을 그에게 심어 줬다. 그런데 마음의 창조 프로젝트에는 막대한 자금이 필요했다.

"음, 바둑계가 우리 인공지능에 완전히 종속된다면 투자자들은 거대 인격체가 현실화될 수 있다는 믿음을 갖게 될 거야. 바로 우리 EM을 통해서 말이지…."

자금 확보에 눈이 먼 그는 바둑계를 교묘히 이용하여 투자자들의 눈에 들 생각을 하고 있었다.

두 명의 천재

18세기 중엽 조선에 최공(崔夼)이라는 인물이 있었다. 어릴 적 왼쪽 눈이 실명하여 애꾸였던 그는 바둑에 있어서 조선에서 둘째가라면 서러워할 만큼 고수였다. 그는 수읽기가 굉장히 빨랐다. 그래서 호가 전수(電手)였다. 전수는 번개 같은 손놀림을 의미했다.

하지만 당시 조선의 국수[11](國手)는 최공이 아니라 천원화였다.

조선 팔도에 천원화의 이름은 드높았다. 저 멀리 백두산이 보이는 압록강 물줄기를 따라가는 황포돛배의 노를 젓는 사공에서부터 땅끝 마을의 모를 심는 아낙네에 이르기까지 조선의 국수는 독고혁인 천원화(獨孤弈人 天元花)였다.

천원화의 바둑이 얼마나 강했으면 이웃 청나라와 일본에까지 그의 명성이 퍼졌을까? 바둑을 좋아했던 청나라의 황제 건륭제는 그의 무심법(無心法)을 배우고 싶어 했다. 무심법은 바둑의 세계를 새롭게 연 천원화의 능기로서 천하에 당해 낼 자가 없었다. 그래서 황제는 조선에서 동지사[12](冬

---

11) 국수(國手): 한 나라에서 으뜸가는 바둑 실력을 가진 사람.
12) 동지사(冬至使): 조선시대 동지에 청나라에 보내던 사절 또는 파견된 사신.

至使)가 오면 무심법에 대해 물어볼 정도였다.

하늘이 두 명의 천재를 함께 낸 이유는 무엇일까?

최공은 장원급제를 한 후, 충청도 암행어사를 거쳐 궁궐로 들어왔다. 1776년 정조(正祖)가 즉위한 후, 최공을 아꼈다. 정조는 창덕궁 후원에 규장각(奎章閣)을 만들고 최공을 제학(提學)으로 임명했다.

정조가 규장각을 설치한 목적은 단순히 역대 국왕의 어제·어필을 보관하는 일뿐만 아니라, 당시 왕권을 위태롭게 하던 척리(戚里)·환관(宦官)들의 음모와 횡포를 누르고, 탕평책을 펼치기 위함이었다. 규장각에 들어간 최공은 정조의 친위부대나 다름없었다.

하루는 정조가 규장각을 찾았다.

"최 제학, 내 한 가지 궁금한 것이 있소."

"저하, 말씀하시옵소서."

"조선 팔도에 바둑이 가장 센 이가 누구요? 최 제학이요? 아니면 세인들이 말하는 천원화요?"

"그게… 저하, 사람들이 천원화가 조선의 국수라 하지만 저는 동의할 수 없사옵니다. 당돌하오나 저는 천원화를 이길 자신이 있사옵니다."

정조가 수염을 쓰다듬으며 말했다.

"어허…. 국수가 둘일 수는 없지 않은가? 둘이 한번 두어 보시게. 이기는 사람이 국수인 게지. 허허."

정조는 한양에 머물고 있던 천원화를 궁궐로 불러들였다. 그리하여 정조가 지켜보는 가운데 규장각에서 천원화와 최공이 대국(對局)을 벌였다.

흑을 쥔 최공은 팔괘[13](八卦)의 경우의 수를 교묘히 이용하여 천원화의 백돌을 포위했다. 하지만 천원화는 그의 능기인 무심법을 통해 있는 듯 없는 듯 허허실실의 행마로 흑의 포위망을 뚫었다. 그리고는 곧바로 강한 힘으로 반격하여 최공의 대마를 잡아 버렸다.

정조는 감탄했다. 최공이 패배를 인정하고 돌을 던지자 정조가 천원화에게 말했다.

"그대의 바둑은 참으로 오묘하오. 숨이 끊어지는 법 없이 자유롭소."

"황송하옵니다, 저하. 운이 좋았사옵니다."

---

13) 팔괘(八卦): 역학(易學)에서 자연계와 인간계의 본질을 인식하고 설명하는 유교 기호.

기통문

"그래. 무심법은 어떤 이치를 담고 있소?"

"저하. 아뢰옵기 송구하오나 무심법은 마음을 비우는 것이 아니옵니다. 오히려 마음을 갖는 것이옵니다."

"허허. 마음을 갖는다…. 알쏭달쏭하구려. 좀 더 자세히 말해 줄 수 있소?"

"네, 저하. 흔들리지 않는 마음을 갖게 되면 능히 난관을 헤쳐 나갈 수 있사옵니다."

"허허. 들을수록 어렵구료…. 한 번 무심법을 글로 남겨 후대 사람들이 알 수 있게 해 주시오."

"네, 저하. 어명을 받들겠사옵니다."

"흠…. 그대에게 월하산 중턱에 바둑 도량을 지을 수 있게 큰 상을 줄 터이니 부디 후학들을 기르시오."

"저하, 성은이 망극하옵니다."

옆에서 왕과 천원화의 대화를 듣고 있던 최공은 갈수록 얼굴이 붉어지고 귀가 빨개졌다. 바둑을 진 것이 못내 분했던 것이다. 그는 흥분을 가라앉히지 못하고 시간이 갈수록 흥분이 분노로 바뀌고 있었다.

* * *

궁궐에서 나와 집에 들어온 그는 무척이나 화가 났다. 그는 이틀 밤낮을 방에 누워 끙끙댔다. 분을 참기 어려웠기 때문이다. 패배의 쓰라림 속에 있던 그는 삼 일째 일어났다. 그리고는 천원화와 두었던 그 바둑을 다시 놓아 보기 시작했다. 열흘을 그렇게 했다. 백번도 더 넘게 놓아 보던 그는 홀연히 뭔가를 깨달았다.

'음…. 노자의 도덕경이 생각나는구나….'

道可道 非常道 名可名 非常名.
도가도 비상도 명가명 비상명.

도(道)를 말하게 되면 진정한 도(道)가 아니고,
이름(名)이 규정지어지면 진정한 이름(名)이 아니다.

최공은 번쩍하고 머리에 큰 생각이 일었다. 그는 무릎을 손으로 세차게 탁 쳤다. 큰 깨달음을 얻어선지 그의 두 눈이 날카롭게 째졌다. 그리곤 심장에 서리가 낄 만큼 마음이 냉정해졌다.

'음…. 괴이하다. 앎이란 곧 모름이다! 무심법을 타파할 수 있는 유일한 길인 것 같군….'

그는 그 깨달음을 종이에 적기 시작했다. 그리고는 책 표지에 《비상명(非常名)》이라고 썼다.

* * *

그로부터 오랜 시간이 흘렀다.

조선 고종 7년. 대구에 사는 박무달은 돈 많은 한량으로 고서적·골동품 등을 모으는 취미가 있었다. 그의 서재에는 듣도 보도 못한 진귀한 옛 서적들이 가득했다. 바둑책도 있었는데 중국과 일본의 책이 많았다. 그 중에는 최공의 《비상명》도 한편에 놓였다.

그가 가장 아끼던 것은 비자나무로 만들어진 귀한 바둑판이었다. 세인들은 그것을 용평[14](龍枰)이라고 불렀는데 바둑판 둘레를 용이 휘감고 있는 형상의 매우 진귀한 바둑판이었다.

그는 바둑을 너무나 좋아한 나머지 만석꾼 이화평의 후원을 받아 바둑 문파를 창시하고 이름을 양부문(良否門)이라고 했다.

----

14) 용평(龍枰): 용의 형상을 한 바둑판.

양부문

🌙

양부문은 대구에 있는 본원과 전국 각처의 20개 산하 지부로 구성되어 있다. 지부장 20명이 매년 총회에서 안건을 발의하고 투표로써 통과시키는 민주적인 절차를 수행했다.

오 년 전, 총회에서 20년 임기의 제8대 문주로 선임된 양부귀는 급변하는 바둑계의 현실을 직시하고, AI에 의해 무너져 가는 문파를 혁신을 통해 흥성시켜야 하는 막중한 시대적 책임을 짊어졌다.

하지만 그는 그릇이 작은 소인배였다. 표류하는 문파를 좌초시키기에 딱 좋은 인물이었다. 무분별한 세력 확장과 자금 운용으로 문파의 재정은 겨우 오 년 만에 거덜이 났고 빚이 걷잡을 수 없이 늘어났다. 더군다나 각 처의 지부들은 AI 바둑을 배우려는 바둑인의 열망에 부응치 못하고 있었다. 도장 원생들이 지속적으로 빠져나갔다. 세종·강원·제주 등 다섯 지부가 사라졌다.

문파 사람들의 문주에 대한 불만이 갈수록 쌓여 갔다. 그렇지만 리더십이 부족한 문주를 바꿀 수도 없었다. 20년 임기의 문주의 권력은 막강했다. 문주는 대대로 최대 지분을 보유했다. 양부귀도 양부문 지분 51프로를 전임 문주에게서 물려받았다. 사실상 양부문은 양부귀의 것이었다.

*　*　*

후계자 쌍백은 스물일곱의 젊은 피였다. 15년 후 그는 문파를 물려받게 되어 있다.

'아! 우리의 앞날이 걱정이구나. 문주님이 내실을 다지는 덴 생각이 없고 양적 팽창에만 관심이 있으니… 돈은 마르고 빚이 걷잡을 수 없이 불어나고 있다.'

쌍백은 근심했다. 돈이 들어올 데가 없었다. 각 지부는 적자투성이였다.

'어쩌다 이렇게 되었는가? 지부장들을 설득해서 혁신적인 뭔가를 하지 않으면 안 돼. 문파가 도미노가 허물어지듯 서서히 무너지고 있어.'

쌍백은 젊은 나이와는 어울리지 않게 현실을 직시하고 있었다. 그는 문파를 살리기 위해 고민했다.

'이미 환경은 변했다. 양부문은 변화에 적응해야 한다. 뼈를 깎는 아픔이 있더라도 혁신해야 한다. 하지만 우물 안 개구리처럼 문주님은 아직도 변한 걸 모르고 있다.'

쌍백은 문주가 묵는 곳으로 향했다. 일단 문주와 독대라도 하여 지부장들과 함께 혁신을 이루자고 문주를 설득할 요량이었다. 그러나 문주는 방에 없었다. 그 시각 양부귀는 EM의 기획실장 허달회를 만나기 위해 서울로 올라가는 기차를 타고 있었다.

* * *

양부귀는 EM 회사에 자금을 빌리는 대가로 자신의 지분 전부를 담보했다. 그는 우선 급한 불부터 꺼야 한다고 생각했다. 그런데 양부귀는 빌린 돈을 보자 생각이 바뀌었다. 빌린 돈을 양부문에 쓰는 것은 밑 빠진 독에 물 붓기라고 생각했다. 그는 이미 문주로서의 책임감조차 없는 파렴치한 인간이었다. 그는 그 많은 돈을 모두 챙겨 급히 미국으로 도망갔다. 결국 양부문이 EM의 수중에 떨어졌다.

전국 방방곡곡의 그 많던 지부는 폐업을 당하고 문파의 적을 둔 제자들은 거리로 내몰렸다. EM은 각 지역의 지부를 모두 청산하였고 쓸 만한 알짜배기 바둑 도장들은 회사 내 바둑 부서의 관리하에 두었다.

용평이라는 바둑판은 유간산의 집무실 한편에 화분 받침대로 쓰였다. 백여 년이 넘도록 바둑계의 한 축을 담당하던 문파 양부문이 허망하게 사라진 것이다.

변정

🌙

변정은 어려서부터 바둑에 대한 깨우침이 남달랐고 기통 문주 진호림은 기재가 뛰어난 변정을 늘 곁에서 가르쳤다. 변정이 기통문에서 적수가 없을 만큼 성장하자, 모든 사람의 축하 속에서 그는 후계자가 되었다. 그런데 변정은 문파보다는 밖의 세계에 더 관심이 많았다. 그는 'AI'에 열중했고, 가까운 월사리의 EM 회사에 관심이 많았다. EM의 기획실장 허달회는 변정의 고등학교 10년 선배였다. 그들은 가끔씩 만났다.

허달회는 사장의 오더를 받았다. 변정을 EM 회사로 포섭하는 것이었다.

"그래. 잘 있었어?"

"네, 선배님. 갈수록 젊어 보이세요? 하하."

"그래? 농담이라도 고마워. 하하."

그들은 월사리에서 아주 유명한 포리스트 호프집으로 들어갔다. 생맥주 한 잔을 시원하게 들이킨 그들은 반건조 오징어를 입에 가져갔다.

"변정. 이번에 통과된 법안 말이야. 인공지능 윤리 법안. 그 법안에 우리 회사가 약간의 영향력을 행사한 거 모르지?"

"아. 정말요? 대단한걸요?"

"오늘이 AI 개발자들이 사람 중심의 인공지능 시대를 열기 위해 'AI의 양심'을 선언한 지 정확히 오 년째 되는 날이야."

"선배님 말씀대로 바야흐로 지성의 창조 시대가 오나 봐요."

"와야지. 암, 와야 하고말고. 하하."

둘은 잔을 들어 서로 부딪친 후 벌컥벌컥 들이켰다. 생맥주를 하나씩 더 주문했다. 허달회가 말했다.

"바둑계도 AI가 없이는 생존할 수 없는 환경이 되었다고 보는데 자네 생각은 어때?"

"네, 인공지능은 굉장히 유용해요. 요즘 AI 없이 바둑을 논한다는 게 말이 안 되죠."

"맞아, 맞아. 그래서 말인데 우리 바둑 부서에 와서 일해 볼 생각 없어? 부장 자리 줄게. 너의 꿈을 거기서 한번 펼쳐 봐."

"네? 바둑 부장 자릴 주신다고요?"

변정은 깜짝 놀랐다. EM은 361 바둑 프로그램을 판매하고 있었고, 인터넷 바둑을 둘 수 있는 '명인'이라는 사이트를 운용하고 있는 바둑계에서 꽤 유명한 곳이었다. 그곳의 책임자인 부장 자릴 준다고 하니 어안이 벙벙했다.

"유간산 사장님 알지?"

"네. 인공지능을 조금이라도 아는 사람이라면 유간산 모르면 간첩이죠."

"우리 사장님이 지금 큰일을 도모하고 계신데 네가 바둑 부서에서 함께 해 줬으면 하서."

"무슨 큰일요?"

"응. 들어와 보면 알겠지만 프로젝트 명이 마음의 창조야. 인간의 마음을 닮은 인공지능을 연구개발해서 EM이 세계의 중심이 되는 거지."

변정은 마음이 움직였다. 자기가 꿈꾸던 세계와 EM의 방향이 맞다고 생각했다.

시련

변정은 자기 방에 있는 책상 앞에 앉아 무언가를 꺼내 읽었다. 후계자의 책무라는 문서였다.

"문주의 말에 절대복종해야 하는 문파 내 사람들에 비해 후계자는 문주에게 바른 말을 할 수 있고, 문주와 대화를 통해 시너지 효과를 낼 줄 아는 지혜로운 사람이 되어야 한다. 또한 후계자는 문주와 대항하여 다른 방향으로 문파 사람들을 리드하지 말아야 한다…."

그는 중얼거리며 읽고 있었는데 막상 기통문에서 나갈 생각에 짠한 감정이 복받쳐 눈가가 충혈되어 있었다.

노크 소리가 들렸다. 문 밖에서 음성이 들려왔다.

"변정! 나 비찰이야."

변정은 눈시울이 붉어져 손수건으로 눈가를 닦았다. 그리곤 문을 열었다.

"기통문을 나간다는 게 사실이야?"

"응. 그렇게 됐어. 미안하다…."

"제정신이야? 못 나가!"

둘 사이에 오래도록 침묵이 흘렀다. 그들은 그렇게 하얗게 밤을 새웠다. 비찰은 변정의 마음을 돌리려 애썼고 변정은 비찰을 위로해 주려 힘썼다. 그들은 동갑내기였고 기통문의 두 기둥이었다. 기둥 하나가 나가면 기통문은 큰 어려움을 겪게 될지도 모른다. 그 사실을 누구보다도 잘 아는 그들이었기에 대화는 밤새 아팠고 공허했다.

* * *

혁인당 1층 서재. 이곳은 문주의 서재 겸 집무실이다. 큰 책상 뒤 벽에는 창시자인 독고혁인 천원화의 초상화가 걸려 있다. 왼쪽 벽에는 진호림의 친할아버지이자 전임 문주였던 청산걸인의 글씨 '無心'이 적힌 액자가 걸려 있다. 책상 앞에는 테이블 대신 고목나무 밑동을 다듬어 만든 차상[15](茶床)이 있고 의자 네 개가 빙 둘러졌다.

차상 위에는 끓인 샘물이 담긴 주전자와 녹차가 두 잔 놓여 있다. 문주와 청산걸인이 의자에 마주 앉았다. 문주는 밤새 흥분을 했었는지 얼굴이 약간 벌게 있었다. 두 사람은 조용했다. 밖에서 새소리가 들려왔다. 이윽고 청산걸인이 말을 떼었다.

---

15) 차상(茶床): 차의 도구를 올려놓는 상.

"문주. 가는 사람 잡지 말고 오는 사람 막지 말라는 말은 불가[16](佛家)의 오랜 믿음이에요. 인연은 뜻대로 되는 게 아니지요."

"할아버지. 제가 그릇이 작은가 봐요. 수양을 삼십 년 넘게 하여 어떤 일이 닥쳐도 평온한 마음을 가질 줄 알았는데…."

"허허, 문주. 헛공부하셨구려. 흠… 허허."

청산걸인의 말에 문주의 기분이 좀 풀렸다. 그들은 잠시 차를 마시며 또 다시 침묵 속으로 빠져들었다. 기통 문주는 진호림이었다. 그는 왼쪽 팔이 없다. 그에게는 친할아버지이자 문파의 정신적 지주인 청산걸인이 있었다.

"할아버지. 후계자를 새로이 뽑아야 할 것 같아요. 공석으로 놔두기엔 하루가 다르게 급변하는 요즘에 대처하기가 어려워요."

"변정의 바둑에 필적할 만한 기재는 비찰이지요. 인품도 그만하면 되었고… 후배 사제들로부터 신망도 얻고 있다고 봐요."

"네. 지금 우리 기통문에서 제일 바둑이 센 사람을 뽑자면 당연 비찰이 일 순위지요. 맞아요. 그런데 할아버지? 저는 좀 다른 생각을 하고 있어요."

---

16) 불가(佛家): 불교를 믿는 사람.

청산걸인의 얼굴에 약간 어두운 그림자가 드리워졌다. 그는 문주가 무슨 생각을 하는지 알고 있는 듯했다. 두 사람의 눈이 마주쳤다. 청산걸인이 말했다.

"시합을 통해 후계자를 뽑을 순 없어요. 만일 하나 기력이 약하고 인품이 안 좋은 사람이 운 좋게 우승이라도 하면 큰일이니까…."

"할아버지. 저를 믿어 주세요. 한 달 후에 후계자 선발을 위한 바둑 대회를 열겠습니다. 문파의 50여 명이 전부 참가하는."

"허어…. 후계자를 정하는 건 문주의 고유 권한이에요. 하지만 선발 대회는 위험 요소가 있어요."

진호림은 눈매가 매서웠다. 더군다나 눈에 안광 같은 무슨 빛이 나는 인물이었다. 예사 인물은 아니었다. 녹차를 한 모금 마신 그는 눈을 들어 벽에 걸린 '無心'이란 액자를 잠시 바라보았다. 그리곤 말했다.

"오랫동안 우리 문파는 문주가 지명으로 후계자를 정했지요. 문제가 있다고 생각했어요. 양부문을 보세요. 어찌된 일인지 그 큰 문파가 하루아침에 망했어요. 우리 문파도 그리 안 되리란 보장이 없어요. 문파의 결집을 이루고 뜻을 모아야 할 때예요. 선발 대회는 우리 문파가 하나 되는 중요한 시합이 될 거예요."

진호림의 말에 청산걸인은 조용히 고개를 끄덕였다.

다음 날 진호림은 모든 문파 사람들에게 한 달 후, 새로운 후계자를 뽑는 선발대회를 열 것을 알렸다.

* * *

양부문이 망하자 쌍백에게 가장 먼저 엄습해 오는 것은 삶의 목적이 없어졌다는 공허감이었다. 그는 후계자였고 양부문 사람들과 함께 바둑계에 큰일을 할 위치에 있었다. 하지만 이젠 아니었다. 모든 게 사라졌다. 절망감이 어찌나 컸던지 그는 바둑도 사라졌다고 생각했다. 이제 그는 아무것도 아니었다.

동대구역에서 서울발 KTX를 탔다. 비참해진 자신의 처지를 마냥 바라보고만 있을 수는 없었다. 그러기엔 그는 너무 젊은 27살의 피 끓는 청춘이었다. 그는 서울 월사리로 향했다. 호랑이를 잡기 위해 호랑이 굴로 들어갔다. 그의 원수 EM 회사를 무너뜨리기 위해서 그리고 자신이 사랑하던 바둑을 되찾기 위해서였다.

　　　　　　　　　　　　　　　　　　　　　　　　　기통문

호랑이 굴로 들어가다

🌙

쌍백은 여덟 살 때 바둑을 처음 접했다. 인공지능 바둑 로봇 '탈로스[17] v7'을 그의 부모님이 생일 선물로 사 오신 것이다.

그 로봇은 한쪽 팔밖에 없었고 말도 못 했으며 다리가 없어서 바둑판에 달라붙어 있었다. 하지만 인공지능이 탑재되어 상당한 기력이 있는 로봇이었고, 한 손으로 돌을 집어 정확히 바둑판에 놓았고 돌을 따낼 때도 한 손만으로 잡은 돌을 정확히 들어내곤 했다. 탈로스는 어린 쌍백의 바둑 스승이었다.

쌍백이 바둑을 재미있어 하고 또 어느 정도 재능을 보이자, 부모는 바둑 VLE[18] 회원권을 끊어 주었다. 쌍백은 주체하지 못할 만큼 엄청난 흡입력으로 바둑을 알아 갔다.

그가 바둑에 갈수록 재능을 보이자 부모는 집에서 가까운 바둑 도장에 그를 데려갔다. 그곳은 대구의 중심지인 중구에 위치해 있었다. 양부문

---

17) 탈로스(Talos): 그리스 신화에 나오는 거대한 청동 거인. 최초의 로봇 원형.
18) VLE(Virtual Learning Envirnment,): '가상 학습 환경'을 일컫는 말로 인터넷을 이용하여 바둑을 배우는 것을 말한다.

이란 바둑 문파에 속한 도장이었는데 주로 초등학교를 다니는 어린이들을 대상으로 바둑을 가르치는 곳이었다. 그는 엄청난 실력으로 금세 도장의 형과 동생들을 모조리 꺾고 넘버원이 되었다. 또 어린이 바둑 대회에 출전, 우승하기를 밥 먹듯 했다.

이를 계기로 대구 양부문 본원에서 쌍백을 후원하기 시작했다. 그 후로도 쌍백이 승승장구를 거듭하고 젊은 나이임에도 불구하고 문파에서 군계일학[19](群鷄一鶴)처럼 두각을 나타내자 양부문의 신임 문주 양부귀는 그가 23살 되던 해 각 지부장들의 찬성을 받아들여 문파의 후계자로 삼았다.

'저기가 EM이란 말이지?'

오피스텔 13층 창밖으로 20층짜리 빌딩이 보였다. 쌍백은 오피스텔에 이삿짐을 풀어 정리하고 있었다.

창밖으로 내다보이는 원수 EM을 바라보며 쌍백은 인공지능에 대해 깊은 생각에 빠졌다. 그는 어려서부터 AI 바둑 로봇에게 배웠지만, AI를 맹신하는 현재의 바둑 풍토를 좋지 않게 보았다.

'EM이 원하는 것은 자신들의 AI 바둑으로 바둑인의 자유로운 발상을 통제하고 노예화하여 바둑 본래의 멋과 승부를 반감시키는 것…. 그리고

---

19) 군계일학(群鷄一鶴): '무리 지어 있는 닭 가운데 있는 한 마리의 학'이라는 뜻으로, 여러 평범한 사람들 가운데 있는 뛰어난 한 사람을 이르는 말.

종국에는 바둑계를 집어삼켜 큰돈을 벌려는 것…. 그러나 너희 뜻대로 되진 않을 거야….'

그는 냉철했고 진짜 승부는 이제부터 시작이라고 생각했다.

내려오는 전설

기통문에는 오래전부터 대대로 내려오는 노래가 있다. 문파의 모든 사람은 그 노래를 다 알았다. 음식을 장만할 때, 마당을 쓸 때 그리고 서로 어울려 바둑을 둘 때 그들은 웃음을 가득 담고 흥얼거렸다.

팔선전 담벼락의 덩굴장미야.
아름답고 향기롭게 피기 위해
가시를 머금었구나.
너에게 취해 술을 마신다.

팔선도 그림 속의 고운 여인아.
광주리에 붉은 꽃을 담기 전에
내게 귀띔해 주렴.
내가 맞으러 나갈 수 있게.

기통문에서 가장 크고 넓은 건물 '팔선전'은 원래 2층 목조 건물이었으나 20년 전에 4층 건물로 새롭게 증축되었다. 외관은 기와가 얹어 있는 목조 건물이지만 내부는 냉난방 시스템 등 첨단 장비들로 가득했다.

그곳 1층에는 아주 큰 그림 하나가 벽에 걸려 있다. 입구에 들어서서 오른쪽 벽을 바라보면 보이는 그림이었다. 크기가 자그마치 가로 4m 세로 2m였다. 아주 오래되어 색이 바래고 군데군데 종이가 떨어져 나간 자국이 보이는 이 그림의 이름은 팔선도(八仙圖)였다.

팔선도에 붉은 장미꽃이 피는 날, 기통문이 천하 바둑계를 평정하리라.

이는 기통문의 창시자 독고혁인 천원화의 예언이다. 기통 문하의 모든 사람은 문파의 시조인 천원화의 예언이 언젠가는 이루어지리라고 믿었다. 그들은 늘 부르는 그 노래에 나오는 팔선도의 전설을 부를 때마다 가슴이 웅장해지고 벅차올랐다. 하지만 삼백 년간 그 꿈은 이루어지지 않았다.

* * *

팔선도는 조선 제22대 왕인 정조 시대에 활동했던 단원 김홍도의 작품이었다. 그 당시 최고의 미술품 감식안이었던 강세황은 단원에 대해 말하기를

"단원은 신선과 화조를 잘 그렸고 또 나라의 인물과 풍속을 잘 그렸다. 단원은 독창적으로 스스로 알아내어 교묘하게 자연의 조화를 빼앗을 수 있는 데까지 이르니, 이는 천부적인 소질이 아닐 수 없다."

라고 찬탄했다. 단원 김홍도는 천원화와 매우 친했다. 둘은 막역지우[20](莫
逆之友)였다. 천원화가 월하산 중턱에 큰 바둑 도량을 지을 때의 일이다.
단원이 천원화에게 물었다.

"그래, 도장의 이름은 뭘로 할 건가?"

"글쎄…. 아직 딱히 정한 건 없어. 단원이 한번 이름을 지어 줄 수 있겠나?"

"음…. 바둑은 한자로 기(棋)라고도 하고 혁(弈)이라고도 하지. 자네가
독고혁인이라고 불리는 것에도 바둑 혁 자가 들어가 있지 않은가? 음…
바둑이란 돌들이 서로 호응하고 통함으로써 비로소 오묘한 이치에 드는
것이니만큼 통할 통 자를 넣어 기통(棋通)이라고 하는 것이 어떨까?"

"기통이라…. 으하하하! 그것참 딱 내 맘에 드네. 그렇게 정하겠네."

"내가 신선들이 이 문파를 지킬 수 있게 신선도를 하나 큼직하게 그려
줄 테니 그렇게 알게. 기통문은 끝없이 번창할 걸세."

"고맙네, 단원. 이 은혜는 잊지 않겠네."

김홍도가 그려 준 신선도에는 여덟 명의 신선이 그려져 있었다. 여덟

---

20) 막역지우(莫逆之友): '서로 거스름이 없는 친구'라는 뜻으로, 허물이 없이 아주 친한 친
구를 이르는 말.

명의 신선 중에 한가운데 서 있는 신선의 이름은 하선고(何仙姑)였다. 그녀는 호리병을 허리에 찬 채 왼손에는 피리를 오른손에는 빈 광주리를 들고 있었다.

* * *

독고혁인 천원화는 바둑에서 최고의 경지에 올랐을 뿐 아니라 하늘의 기운을 볼 줄 아는 견성(見性)의 경지에도 다다른 도인이었다. 견성은 다른 말로 해탈 또는 열반이라고 부른다. '깨달음을 얻은 자'라는 뜻이다. 그는 말년에 자신의 바둑에 대한 모든 것을 집대성하여 《기경(棋經)》이란 책을 저술했다. 《기경》은 묘하고 묘한 책이었다.

어느 날, 그는 먼 미래에 이 책자가 세상에 나오게 되며 이것을 익힌 자가 기통문을 물려받아 큰일을 하게 되리라는 것을 심안[21](心眼)으로 보게 된다. 그는 《기경》을 봉인하였다. 그가 《기경》을 감추어 둔 것은 미래의 그날이 도래할 때까지 아무나 《기경》을 익히지 못하게 하려 함이었다.

그로부터 삼백 년이 흘렀다.

바둑계에 숨겨진 보화가 하나 있으니 《기경》이라. 이를 얻는 자는 천하 바둑계를 지배하리라. 그때 팔선도에 꽃이 피어나리라.

---

21) 심안(心眼): 마음의 눈. 깊이 수련한 사람이 깨달음 속에서 보게 되는 세상.

《기경》은 발견된 적이 없고 팔선도의 그림에도 꽃이 피는 기적은 일어나지 않았지만, 기통문의 사람들은 언젠가는 이 전설이 현실이 되어 기통문이 천하를 떠르르 떨게 할 것이라고 믿었다.

거친 바람과 화난 파도

🌙

어느 날 일요일. 활귀는 핸드폰을 무음으로 해 놨다. 오늘은 아무와도 만나고 싶지 않았다. 사춘기 소년같이 왠지 센치해진 그는 구화문을 나섰다. 좁은 산길을 꼬불꼬불 걸어 올라 십여 분 후 하트바위 앞에 다다랐다. 집채만 한 바위가 심장 모양으로 되어 있어 사람들이 하트바위라고 불렀다. 그는 거기 옆 나뭇등걸에 앉아 생각에 잠겼다. 활귀가 혼자 머무는 장소였다.

문파를 떠나야 하나…. 문파를 떠나면 무슨 일이든 하며 새로운 시작을 해야 했다. 두려웠다. 하지만 바둑으로 일생을 영위하기엔 그는 실력도 자신도 없었다. 마음에 걸리는 게 또 있었다. 문파를 나간다는 것은 달기 곁을 떠나는 셈이었다. 그녀는 평생을 월하산에서 살아야 했다. 그가 기통문을 떠난다는 것은 달기를 포기한다는 말과도 같았다. 활귀는 고민이 점점 깊어졌다.

한편 달기는 열이 잔뜩 받아 있었다. 활귀가 당최 전화를 안 받는 것이다.

'혹시 바위로 갔나?'

달기는 급히 구화문을 나서 월하산을 오르기 시작했다. 십여 분을 지나 하트바위에 다다르니 활귀가 나뭇등걸에 혼자 앉아 있었다.

"야! 전화 좀 받으며 살지?"

이날따라 활귀는 방해받는 것이 싫었다. 누구라도 그의 침묵을 깨게 하지 못할 만큼. 그는 못들은 체했다. 고요함을 깬 달기가 미웠다.

"웬 청승이야? 닉시와 함께 라면 먹기로 한 거 잊었어?"

아차. 활귀는 약속을 잊어버린 게 미안했다. 그래도 아무 말 없이 가만히 있었다. 그는 좀 심각한 생각을 하고 있었고 고요가 깨져 기분이 나빴다. 달기는 달기 나름대로 열이 받았다.

"야! 내 말 안 들려?"

달기의 목소리가 크게 올라갔다. 언제나 꾀꼬리처럼 들리던 달기의 허스키한 보이스가 오늘따라 활귀의 귀에 거슬렸다.

"좀 조용히 해. 왜케 따라다녀?"

"뭐? 따라다녀? 이거 열받네! 나 지금 무시당한 거 맞지?"

활귀는 달기의 반응에 아차 싶었다. 자신이 무의식중에 심한 말을 한 것 같았다. 이럴 땐 묵비권이 제일이었다. 그가 말을 계속 안 하자 달기는 화가 점점 더 났다. 드디어 달기가 폭탄을 던졌다.

"엄니 없이 자라서… 아부지 없이 커서… 삐뚤어졌어, 너는."

"뭐? 너 말 다 했어?"

"내 말이 틀렸냐? 맨날 세상 고민 혼자 다 하잖아. 왜 그러고 사냐?"

"너보단 나으니까 신경 꺼. 평생 여기서 늙어 죽을 주제에…."

그 뒤는 끝이었다. 둘 다 상처를 입었고 달기는 엉엉 울었다. 달기는 머리를 감싸 쥐고 소리를 질렀다.

"아악! 으아악!"

기통문에서 많이 떨어진 하트바위였지만 홍옥과 청옥, 관리실의 기계가 다 나가 버렸다. 달기가 얼마나 화가 났는지 알 수 있을 만큼 엄청난 에너지였다. 바위에서 내려온 후로도 울음을 그치지 못하고 훌쩍이는 달기를 닉시가 위로해 주었다.

그날 밤 활귀는 잠이 오지 않았다. 달기와 그렇게 심하게 싸운 것은 처음이었다. 자신이 후회스러웠다.

'내 마음속에 이렇게 나쁜 것이 가득했나?'

달기와 싸우면서 자신이 내뱉었던 말이 심했다 싶었다.

'나는 이거밖에 안 되는 놈인가?'

그는 절망했다. 침대에서 일어나 밖으로 나왔다. 하늘을 바라보았다. 초승달 밑으로 금성이 밝게 빛났다. 밤 내음이 코끝으로 밀려왔다. 그는 마당 한가운데 있는 오층 석탑으로 갔다. 힘들 때 석탑 주위를 돌면 마음이 좀 풀리곤 했다.

열 바퀴를 돌아도 마음이 도무지 가라앉지 않았다. 그의 시야에 관음보살이 보였다. 그곳에 가자마자 갑자기 울컥했다. 고아인 자신의 신세가 슬펐다. 그리고 불투명한 미래에 대해 자신 없어 하는 자신이 불쌍했다.

그는 관음보살을 껴안고 울었다. 울음을 참고 싶었는데… 눈에서 닭똥 같은 눈물이 계속 쏟아졌다. 그는 어금니를 깨물었다.

"끄윽… 끄윽…."

관음보살의 배를 머리로 쾅쾅 부딪쳤다. 눈물을 멈추고자 할수록 자신을 가누기 어려웠기 때문이다. 그런데 그때 관음보살의 배가 맥없이 부서졌다. 배에 큰 구멍이 났다. 활귀는 소스라치게 놀랐다. 뻥 뚫린 배 안에서 뭔가가 우수수 떨어져 나왔다.

3장

《기경》과 팔선도

《기경》

아주 오래되어 낡은 두루마리였다. 여러 개의 두루마리가 배 안에서 나와 바닥을 뒹굴었다. 놀란 활귀가 호기심에 두루마리를 하나 주워 든 순간, 갑자기 두루마리에서 어떤 강한 힘이 느껴졌다. 거기서 활귀의 손을 꽉 붙잡고는 전기가 흐르듯이 손을 타고 형언하기 어려운 뭔가가 흘러 들어왔다. 활귀는 본능적으로 두루마리를 떼어 내려고 했으나 워낙 두루마리가 붙잡고 있는 힘이 강해 옴짝달싹할 수 없었다.

삼백 년 동안 두루마리에 봉인돼 있던 엄청난 영기[22](靈氣)가 활귀의 손을 타고 물밀듯이 들어왔다.

"으헉…."

강렬한 힘에 사로잡혀 활귀는 꼼짝을 할 수 없었다. 놀랍도록 순수한 영기가 끝없이 밀려들었다. 그의 이마에서 은은한 빛이 감돌았다. 그리고는 이상한 소리가 들려왔다.

'독고혁인…. 바둑령…. 천하를 다스린다….'

---

22) 영기(靈氣): 신령스러운 기운.

활귀는 머릿속인지 마음속인지 알 수 없는 곳에서 들려오는 소리에 혼란스러웠다. 십여 분쯤 지났을까? 이마에서 나던 빛이 사라지자 그는 깊게 숨을 내뱉었다.

활귀의 마음속에 '바둑'이 깊이 새겨졌다. 이제 그는 어제의 활귀가 아니었다. 심오한 바둑의 세계를 홀로 깨닫게 된 것이다. 그는 두루마리를 모두 챙겨 숙소로 급히 돌아갔다.

*　　*　　*

그 시각 달기는 꿈을 꾸었다. 바닷가였는데 파도가 철썩이며 모래사장을 적셨다. 하늘엔 초승달이 걸려 있었다. 달기는 활귀와 함께 모래사장을 걸었다. 바닷바람이 시원했다. 두 사람은 점차 바다 쪽으로 다가갔다. 그러자 철썩이며 모래사장을 적시던 바닷물이 두 사람에게 길을 내주었다. 그들은 그 길로 걸어 들어갔다. 저 앞쪽에 어떤 여자가 서 있었다. 그녀는 검고 허리까지 내려오는 머리카락을 가지고 있었다. 몸에는 진주와 이름을 알 수 없는 보석들을 걸쳤다. 아름다웠고 신비로운 어떤 힘이 느껴졌다.

"달기야, 난 너의 엄마란다."

달기는 깜짝 놀랐다. 자라면서 아빠한테 듣고 또 들었던 그 엄마인가?

"너와 일생을 함께할 사람이구나."

그녀는 달기의 한 손과 활귀의 한 손을 잡아 서로 포개 주며 빙긋이 웃었다. 달기는 갑자기 눈물이 났다. 눈물을 흘리는 이유를 그녀는 알 수 없었다. 그저 눈물이 났다. 그때 잠에서 깨었다.

* * *

관리장 허통이 일어난 시각은 아침 5시. 그는 청옥과 홍옥 사이에 있는 작은 관리실 건물에서 묵고 있다. 청옥은 남자 제자들이 묵는 건물이었고 홍옥은 여자 제자들이 묵는 곳이었다.

"흐아아암!"

그는 마당으로 나오면서 크게 기지개를 켰다. 새벽 공기는 언제나 그를 즐겁게 했다. 정신이 맑고 뭔가 알 수 없는 에너지를 충만히 받는 그런 기분이었다. 그는 석탑을 지나 천천히 불상 앞으로 갔다. 그의 일과는 늘 불상 앞에서 시작됐다. 불상 옆 작은 샘물에서 차디찬 샘물로 얼굴을 적시고는 한입 가득 마시고 관음보살께 기도하는 것으로 하루를 열었다.

"억! 이게 뭐야?"

불상이 부서져 있었다. 관음보살의 배가 부서져 텅 비어 있었다. 그는 깜짝 놀랐다. 그는 관리실로 달려갔다. CCTV를 확인하려는 것이었다. 관리실엔 36개의 CCTV 화면이 있었다.

"아차! 이런 낭패가 있나⋯."

어젯밤 달기가 활귀와 크게 싸운 후 화가 난 나머지 능력을 써 버려서 CCTV 화면이 모두 꺼져 있었다. 울상이 된 허통은 다시 마당을 가로질러 혁인당으로 급히 달려갔다. 문주와 청산걸인에게 보고하려는 것이다.

6시가 되자 청옥과 홍옥의 남녀 제자들이 일어났다. 마당을 청소하러 나온 몇몇 제자는 금세 불상이 부서진 것을 발견했고, 소식을 들은 50여 명의 제자가 모두 불상 앞에 모여들었다.

"삼백 년 전부터 계시던 관음보살님이⋯."

비찰은 끝내 말을 잇지 못했다. 관음보살은 삼백 년 동안 기통문을 지키던 수호신이나 마찬가지였기에 문파 제자들의 충격은 이루 말할 수 없었다. 모두들 얼굴이 어두웠고 웅성거렸다. 소식을 들은 문주와 청산걸인이 허통과 함께 급히 달려왔다. 불상의 배가 뻥 뚫려 버린 것을 본 청산걸인은 눈매가 위로 치올라갔다. 그는 허통에게 물었다.

"허어. 이런 괴이한 일이 있나⋯. 관리장. 어느 놈이 이랬어?"

"그게 CCTV가 어젯밤부터 다 나가 버려서 누가 이랬는지 알 길이 없네요…."

허통은 울상이었다. 청산걸인은 문주를 바라보았다. 문주는 난감했다.

"누가 이랬는지 아는 사람 없느냐?"

문주의 질문에 웅성거리던 제자들은 모두 조용해졌다. 대답하는 사람은 아무도 없었다. 뒤에서 긴장한 채 지켜보던 활귀는 불상이 부서진 건 다 자기 때문이라고 말하려고 했다. 하지만 말이 입 밖으로 나오지 않았다. 뭔가가 그가 말하는 것을 막았다. 독고혁인의 영이 활귀를 사로잡고 있었던 것이다.

"할아버지. 오랫동안 우리 문파를 지키던 관음보살이 이렇게 부서지다니…. 이 불길함을 어찌해야 할지…."

문주는 청산걸인에게 물었다. 어려운 일이 닥칠 때마다 문파의 정신적 지주 역할을 해 오던 청산걸인조차도 할 말을 잊고 있었다.

익히다

☾

새벽부터 기통문은 어수선했다. 불상이 부서져 다들 불길함을 느꼈다. 활귀는 달기와 싸운 죄로 문주의 벌을 받아 한 달간 문파 밖으로 쫓겨났다. 그는 오갈 데가 없어 망망기원으로 갔다.

송종문은 활귀가 한 달간 거기서 숙식을 할 수 있게 배려해 주었다. 활귀가 기원서 묵은 첫날밤 그는 가방에 숨겨 가지고 온 두루마리를 펼쳐 보았다. 첫 두루마리를 펼치니 다음과 같은 문구가 씌어 있었다.

첫 번째 두루마리의 시작.

천지의 도(道)는 오직 음양오행(陰陽五行)일 뿐이다.

독고혁인은 이 말에 깊이 공감하거니와 음양은 자연의 이치요, 오행은 이 땅의 다섯 가지 원리이다. 하늘 아래 이 땅은 목(木)·화(火)·토(土)·금(金)·수(水)의 오행(五行)으로 이루어진 것이다.

나는 음양 둘에다 오행의 다섯을 합하여 일곱 개의 두루마리에 바둑의 이치를 모두 담았다. 이 일곱 두루마리를 익히는 자는 완전한 바둑의 길을 깨우치게 될 것이다.

활귀는 의아했다.

'이상한걸…. 두루마리는 여덟 개인데 일곱 두루마리에 바둑을 담았다고 하니 무슨 뜻일까….'

활귀는 또 생각했다.

'독고혁인은 우리 기통문의 창시자가 아니신가? 혹시 이 두루마리들이 《기경》은 아닐까? 전설로만 내려오던 그 바둑책이 아닐까?'

이런 생각을 하자 활귀는 떨렸다. 긴장감으로 그의 오감이 시위를 가득 당긴 활처럼 팽팽해졌다. 하지만 그는 어제의 활귀가 아니었다. 그는 이미 독고혁인의 신령스런 영기를 가득 받은 후여서 두려워할 필요가 없었다.

그는 밤마다 8개의 두루마리에 있는 심오한 바둑의 이치와 정수[23] (精髓)를 익혔다.

---

23) 정수(精髓): 핵심. 골수. 사물의 중심을 이루고 있는 가장 뛰어나고 중요한 것.

망망기원

"활귀! 이것 좀 도와줘."

"네! 바로 갈게요."

송종문은 실험실에서 혼자 하기 버거운 일이 있는지 활귀에게 도움을 요청했다. 활귀는 씩씩하게 대답하고는 곧장 실험실로 들어갔다.

원장은 망망기원 내부의 삼분의 일 정도를 칸막이를 하여 실험실로 썼다. 그곳은 중세시대 연금술사들이 납으로 금을 만들려 했던 것처럼 온갖 기이한 실험 도구들로 가득 차 있었다. 그곳에서 20년 동안 수많은 실험이 이루어졌다. 그는 딸의 병을 고치기 위해 달의 기운을 받을 수 있는 방법을 연구 중이었다.

실험실 벽장에는 의학, 점성술, 물리학, 화학 서적들로 빼곡했다. 그는 수많은 동서양의 의학 서적을 섭렵했다.

망망기원은 월사리에서 기원으로는 제일 인기 있는 곳이었다. 워낙 송종문이란 이름 석 자가 바둑계에서 명성이 자자해서 그 명성을 듣고 오는 바둑계 인사도 많았고, 20년이란 세월이 꽤 많은 단골을 만들어 놓았다. 서울 언더 바둑계에서 '월사리 망망기원 원장 송종문'이란 열두 자를 모르면 간첩이었다.

"여기 원장님 계신가요?"

180 정도의 큰 키에 아주 핸섬하게 생긴 한 청년이 기원 안으로 들어와 물었다. 손님들의 대국을 서서 구경하고 있던 구도가 다가와 말했다.

"원장님요? 무슨 일인데요?"

"네. 바둑 좀 두려고 왔습니다. 송종문 원장님이 여기 계시다는 소문을 듣고 왔습니다. 한번 만나 뵙고 싶어서요."

"설마 원장님하고 바둑을 두려는 거요?"

"아… 아닙니다. 이 근처로 며칠 전에 이사를 왔습니다."

"아, 그래요? 기력은 어떻게 되죠?"

그때 실험실의 문이 열리며 활귀와 송종문이 나왔다. 잠시 커피 한잔을 하기 위함이었다. 송종문과 청년의 눈이 마주쳤다. 그리곤 청년의 눈이 활귀의 눈과 부딪쳤다. 그는 쌍백이었다.

쌍백은 망망기원이 좋았다. 원장도 잘 대해 주고 구도라는 사람도 성격이 좋아 보였다. 활귀도 친동생처럼 그를 잘 따랐다. 쌍백이 기원을 출근하다시피 나온 지 십여 일이 지났을 무렵 원장 송종문이 술을 샀다. 포리스트 호프집이었다.

"활귀. 주도[24](酒道)라는 건 말이지…"

구도가 좀 취해서 유쾌해지자 활귀에게 주도를 가르쳐 주려고 입을 떼었다. 활귀는 전에 술을 먹어 본 적은 있지만 나이 차이가 많은 형님들하고 술자리에서 술을 먹는 건 처음이었다.

"하하. 구도 형님. 일단 한 잔 받으세요."

병맥주만 고집하는 구도는 활귀가 따라 주는 맥주를 잔에 받았다. 그런데 활귀가 실수로 조금 넘치게 따라 구도의 술잔에 거품이 넘쳐흘렀다.

"음. 활귀가 맥주를 따를 줄도 아네. 맥주는 말이지. 이렇게 거품이 많아야 진짜야. 왜냐하면 인생은 거품이거든."

구도는 빙그레 웃으며 거품을 벌컥벌컥 들이켰다. 옆에서 이를 지켜보

---

24) 주도(酒道): 술을 마시는 법도 또는 도리를 말한다.

던 송종문과 쌍백은 입가에 웃음이 번졌다. 술잔이 여러 차례 오가자 자연스레 쌍백은 자신이 양부문의 후계자였음을 밝혔다. 모두들 쌍백을 위로해 주었고 재기를 꿈꾸는 그에게 응원을 보냈다.

* * *

한 달째 되던 날 밤, 활귀는 마지막 8번째 두루마리 '묘수[25] 편'을 익힘으로써 《기경》을 자신의 것으로 만들었다. 그는 마지막 두루마리를 다시 정성스럽게 둘둘 말았다. 그리고는 가부좌를 하고 눈을 감았다. 그는 깊은 침묵 속으로 점점 빠져들어 갔다. 십여 분이 지났을까? 마음속에서 어떤 한 음성이 들려왔다.

바둑판 위에서 네가 자유롭길 원한다면 '절대' 옆에는 '반드시'가 있음을 생각해라.

친근하고… 낯익은… 소리였다. 누굴까…? 말뜻은 이해되지 않았다. 그는 이상하리만치 고요한 자신을 바라보았다. 그냥 좋았다.

---

25) 묘수(妙手): 평소 생각해 내기 어려울 만큼 뛰어난 수.

꽃이 피다

🌙

　다음 날, 활귀는 기통문으로 다시 돌아왔다. 문주를 만난 활귀는 다시는 달기와 싸우지 않겠노라고 맹세했다.

　"그래. 원장님은 잘 계시고?"

　"네, 문주님. 하루 종일 실험실에 계시더라고요."

　"그래? 치료제가 있으면 얼마나 좋겠나? 음…."

　"아참, 문주님. 기원에 양부문 후계자였던 쌍백이라는 분이 자주 오던데요?"

　"아, 그래? 그 친구 바둑계에서 큰 기대를 하는 인물이었는데… 문파가 어쩌다가 산산조각이 났는지…. 망망기원에 다닌단 말이지?"

　"네, 문주님. 제가 형이라고 부르게 됐습니다."

　"그래? 내가 듣기론 나쁜 사람은 아닌 것 같으니 잘 어울려 봐."

"네, 문주님."

활귀가 혁인당 문을 열고 나가자 진호림은 생각했다.

'대구에서 올라온 모양이군. 그 친구 젊은 나이에 큰 시련을 겪는구나. 한번 시간을 내서 만나 봐야겠다. 오갈 데 없는 처지일 텐데 우리 문파로 데려올 수도 있을 것 같구나.'

* * *

날이 밝았다. 후계자를 뽑는 열흘간의 일정이 시작되는 날이었다. 새벽부터 팔선전으로 여제자 다섯과 남제자 다섯이 마당을 가로질러 갔다. 대회가 팔선전에서 열리기 때문에 미리 준비를 해 두려는 것이다. 그들은 흥겹게 노래를 불렀다.

팔선전 담벼락의 덩굴장미야.
아름답고 향기롭게 피기 위해
가시를 머금었구나.
너에게 취해 술을 마신다.

팔선도 그림 속의 고운 여인아.
광주리에 붉은 꽃을 담기 전에
내게 귀띔해 주렴.

내가 맞으러 나갈 수 있게.

기통문에서 대대로 내려오는 노래. 모두 얼굴이 밝았고 기분이 좋았다. 다들 팔선전으로 들어갔다. 그런데 여제자 둘이 놀란 투로 서로 말했다.

"어? 이게 무슨 냄새지?"

"그러게…. 장미 향기 같아. 엄청나게 진하네."

매우 짙고 그윽한 장미향이 팔선전 안에 가득 퍼져 있었다.

"으헉! 저것 좀 봐…. 저기에 장미가 있어!!!"

남제자 하나가 손으로 팔선도를 가리키며 격한 소리로 말했다. 다른 제자들이 팔선도를 바라봤다.

"억!! 이럴 수가?"

팔선도 정중앙에 서 있는 여신선 하선고의 광주리에 붉은 장미가 수북이 쌓여 있는 것이 아닌가? 분명 어제까지 빈 광주리였다. 아니, 삼백 년 동안 빈 광주리였다.

그들은 놀라 팔선도 아래로 달려갔다. 정말로 여신선의 광주리에 장미가 가득 담겨 있었다. 거기서 나는 향이 짙고 그윽했다. 여제자 한 명이 낮게 읊조렸다.

> 팔선도 그림 속의 고운 여인아.
> 광주리에 붉은 꽃을 담기 전에
> 내게 귀띔해 주렴.
> 내가 맞으러 나갈 수 있게…

전설 속 이야기가 현실이 된 것이다.

소식을 들은 50여 명의 문파 사람들이 모두 팔선도 앞에 모였다. 청산 걸인이 혼잣말로 중얼거렸다.

"정말 《기경》이 있는 건 아닐까? 그림에 꽃이 피다니…."

문주 진호림의 놀라움은 대단했다. 자기 대에 전설 속의 이야기가 현실이 되었기 때문이다. 모두들 《기경》의 행방에 대해 궁금해했다. 활귀는 두루마리가 《기경》인 것을 확신하게 됐다. 전설은 진짜였고 그 기적의 중심에 자기가 있었다.

선발대회

시합은 오후 한 시에 시작됐다. 문주와 청산걸인이 시합 감독을 맡았다. 50여 명의 문파 사람 대부분이 시합에 임했다. 대회는 열흘간 일정으로 토너먼트와 리그전을 혼합한 방식으로 치러졌다. 갑 조와 을 조로 나누어 치르되 갑 조의 최다 승자와 을 조의 최다 승자가 대회 마지막 날 우승을 다투는 방식이었다.

가장 강력한 우승 후보는 단연 비찰이었다. 청산걸인은 내심 그가 우승하기를 바랐다. 바둑이 제일 셀 뿐 아니라 인품도 그만하면 훌륭했다. 비찰은 선배와 후배들로부터 많은 신망을 받고 있었다. 비찰은 갑 조에서 9일 동안 폭풍 질주했다. 그는 하루에 한 판씩 9판을 두어 내리 9연승을 했다. 그에게는 적수가 없었고 곧바로 결승에 선착했다.

싱겁게 끝나 버린 갑 조에 비해 을 조는 '상청'과 'X'의 두 고수의 각축전이 예상됐다. 그런데 막상 뚜껑을 열어 보자 상황은 전혀 다르게 전개됐다. 다크호스 활귀 때문이었다. 문파 내에서 바둑을 제일 못 두는 축이던 그였지만 모든 이의 예상을 깨고 삼 일 동안 세 판의 바둑을 모두 이겼다. 활귀의 분전으로 을 조는 지옥의 조로 바꿔져 한 치 앞을 알 수 없는 혼란에 빠졌다.

활귀의 두 번의 승리를 운 때문이라고 생각했던 문주는 그가 3일차 대국마저 이기자, 4일째 되던 날부터 그의 바둑을 컴퓨터로 관전하기 시작했다.

그의 바둑을 바라보던 문주는 매우 의아했다. 그의 바둑엔 초일류 고수들만이 펼칠 수 있는 임전무퇴[26](臨戰無退)의 용기와 기개, 치밀한 도시 건설과 모험, 물살을 거슬러 올라가는 연어의 넘쳐 나는 힘이 있었다.

'음…. 이게 무슨 일인가? 팔선도에 꽃이 피는 기적이 일어나더니, 이젠 바둑을 제일 못 두던 활귀가 천하제일 고수처럼 바둑을 둔다…. 전설로만 존재하는 줄 알았던 《기경》이란 바둑 비급서가 혹시… 활귀가 아닐까?'

진호림은 《기경》이란 전설의 책이 실은 책이 아니고 사람일지 모른다는 생각을 하기에 이르렀다. 그는 그만큼 활귀의 바둑이 아주 높은 경지에 있고 기통문 그 누구라도 활귀에 미치지 못한다고 생각했다.

활귀는 엄청난 파란을 일으키며 9연승을 질주, 결승에 올랐다.

* * *

"이게 어떻게 된 거지? 너 실은 엄청난 고수였는데 그동안 우릴 속인 거야? 음…. 이게 무슨 일이냐?"

---

26) 임전무퇴(臨戰無退): 세속 오계의 하나. 전쟁에 나아가서 물러서지 않음을 이른다.

활귀는 결승 전날, 덩굴장미로 가득한 팔선전 담벼락에서 달기를 만났다. 그녀는 크게 놀란 상태였다.

"글쎄 그게… 운이 엄청 좋은 거 같아."

활귀가 웃음 지으며 말을 하는 모습을 뚫어지게 바라보던 달기는 어이없다는 듯이 말했다.

"실력이지. 그게 운으로 되나?"

바둑은 운이 거의 통하지 않는다. 실력이 좋은 사람이 십중팔구 이기게 되어 있다. 바둑에서 운칠기삼[27](運七技三)은 거의 안 통했다.

달기와 헤어진 후, 숙소인 청옥의 자기 방에 들어온 활귀는 침대에 누워 휴식을 취했다. 그는 생각했다.

'우리 문파의 시조이신 독고혁인 천원화의 그 무엇이 내 안에 있는 것 같아…. 바둑을 둘 때 저 마음 깊은 곳에서 뜨거운 열정이랄까, 승부욕이랄까 그런 것이 느껴져. 평상시엔 아무렇지도 않다가 바둑만 두려고 하면 전에는 없었던 강한 에너지가 폭풍우처럼 몰려들어. 아마도 그때 뭔가가 내 속에 밀려들어온 뒤부터인가 봐. 어쩌면 그게 시조님의 바둑 혼

---

27) 운칠기삼(運七技三): 모든 일의 성패는 운에 달려 있지 재주나 노력에 달린 것이 아니라는 말.

이었는지도 몰라…'

피곤했는지 활귀는 금방 잠이 들었다.

* * *

결승전은 팔선전 4층의 특별 대국실에서 오전 열 시에 이뤄졌다. 시합의 모든 상황은 1층의 커다란 모니터를 통해 실시간으로 중계됐다. 비찰과 활귀 두 대국자를 제외한 모든 문파 사람은 1층에서 결승전을 시청했다. 특별 대국실엔 두 대국자와 청산걸인, 문주 진호림 이렇게 네 사람뿐이었다.

활귀의 흑번이었다. 잔잔히 흐르던 국면은 백여 수가 지나면서 요동치기 시작했다. 흑을 쥔 활귀가 강한 힘으로 비찰의 백돌 한 무리를 노리고 잡으러 간 것이다. 백 대마는 사면초가에 빠졌는데 흑의 봉쇄망을 뚫기 위해 배수진을 치기 시작했다. 바야흐로 승부처. 승부가 결정지어지는 클라이맥스에 다다랐다.

그 순간 참으로 묘한 일이 일어났다. 활귀는 비찰의 백돌을 살짝 끊어 갔는데 후절수라는 맥이었다. 후절수는 어려운 고급 수법이었지만 그동안 산전수전을 다 겪은 비찰이 몰랐다는 것이 아이러니했다.

비찰은 더 이상 바둑을 둔다는 것은 무의미하다고 생각했다. 백 대마가 후절수의 맥을 당해 죽은 것이다. 잠시 눈을 감고 숨을 고른 비찰은 자신의 바둑알 뚜껑에 있던 흑돌 두 개를 바둑판 위에 살며시 올려놓았다. 항복이었다.

옆에서 관전하던 청산걸인은 물론이고 일 층의 큰 홀에서 시시각각으로 대국을 관전하던 문파 사람들은 경악했다. 달기도 예외는 아니었다.

'활귀가 이기다니…. 후계자가 되는 건가?'

달기는 문득 한 달 전 꾸었던 꿈이 생각났다. 바닷가에서 어머니를 만나던 그 순간, 활귀와 자신을 이어 주던 어머니의 손…. 그녀는 다시금 생각했다.

'이 녀석이 내 남자인가…?'

후계자

🌙

대회가 끝난 다음 날 아침, 혁인당 서재에서 문주는 청산걸인, 활귀와 함께 녹차를 마셨다. 진호림은 인자하고 부드러운 눈빛으로 활귀를 바라보며 말했다.

"활귀야. 팔선도에 꽃이 펴 전설 속 《기경》이 실제로 있는 것은 아닐까 다들 궁금해했어. 혹시 《기경》에 대해 아는 것은 없니?"

활귀는 가지고 온 가방 속에서 여덟 개의 두루마리를 꺼냈다. 문주와 청산걸인은 소스라치게 놀랐다. 활귀는 문주에게 그것을 주며 말했다.

"관음보살님 배 속에서 나온 거예요, 문주님. 이것이 《기경》인 것 같아요."

문주와 청산걸인은 함께 두루마리를 펼쳐보며 놀라움을 금치 못했다. 그들은 내려오던 전설이 진짜였음을 알고 두려움을 느꼈다. 진호림은 벽에 걸려 있는 창시자 천원화의 초상화를 바라보았다. 천원화가 부드러운 미소를 짓고 있었다. 그가 활귀에게 말했다.

"《기경》의 주인은 너다. 이 두루마리를 연마해라. 너의 것으로 만들어 문파를 빛내 다오."

청산걸인이 고개를 끄덕이며 두루마리들을 정성스레 모아 다시 활귀에게 주었다. 그는 혼잣말로 뇌까렸다.

"그냥 전설이 아니었던 거야…. 실재였어…."

*　*　*

한편 달기는 송종문에게 전화를 걸었다.

"아빠. 놀라지 마. 활귀가 후계자가 됐어."

달기의 말을 들은 송종문은 깜짝 놀랐다.

"뭣이라고?"

"글쎄 대회 첫날 아침에 팔선도에 꽃이 핀 것이 아무래도 활귀가 후계자가 된 것하고 무슨 연관이 있는 것 같아. 활귀는 바둑이 제일 약했는데…."

송종문은 달기의 말을 듣고 대대로 내려오던 전설이 실재였음을 직감했다.

"《기경》을 얻는 자는 천하 바둑계를 지배하리라. 그때 팔선도에 꽃이 피어나리라…. 그렇다면 《기경》이 활귀에게 있는 건가?"

"아빠. 사람들은 《기경》이란 책이 있는 게 아니고 활귀가 《기경》이래…."

"뭣이? 활귀가 《기경》이라고?"

"아무튼 여기는 난리가 났어. 여러 가지 말들이 나오고 있어."

달기는 송종문에게 기통문의 일을 전해 주며 스스로도 놀라고 있었다.

* * *

그로부터 일주일 후, 팔선전에서 활귀를 후계자로 삼는 의식이 치러졌다.

문주는 활귀가 《기경》을 발견했고 팔선도에 꽃이 펴 전설이 모두 이루어졌음을 사람들에게 알렸다. 그러고는 활귀를 그 앞에 무릎 꿇렸다.

"첫째, 《기경》을 발견하고 이를 익혀 바둑이 놀랍도록 강해진 활귀는 이제 기통문의 후계자가 되어 《기경》을 더욱 연마, 바둑계에 지존이 될 막중한 책임이 있다. 할 수 있겠는가?"

"네. 할 수 있습니다!"

"둘째, 대다수가 인공지능으로 바둑을 배우고 익혀 모방과 답습에 빠져든 지 오래며, 이는 바둑의 본질적인 아름다움과 근본을 추구하는 기통문의 정신에 위배되고 있다. 신임 후계자는 이런 현실을 직시하고 바둑인을 정도로 이끌 큰 소임을 수행해야 한다. 할 수 있겠는가?"

"네. 할 수 있습니다!"

"셋째, 훗날 나의 뒤를 물려받아 기통문의 주인이 되어 문파를 번영으로 이끌어 가고 사랑으로 문파의 모든 제자들을 보살펴야 한다. 할 수 있겠는가?"

"네. 할 수 있습니다!"

"일어나라. 활귀! 그대는 이제 기통문의 후계자다!"

활귀는 일어났다. 청산걸인이 기통문의 후계자 표식인 목걸이를 그에게 걸어 주었다. 배꼽까지 내려오는 긴 목걸이엔 네모난 작은 바둑판이 '기통'이란 글자와 함께 도금되어 있었다.

활귀의 얼굴은 긴장과 기쁨이 겹쳐져 말로 형언하기 어려운 모습이었다. 전설이 이루어지고 새로운 후계자가 나왔기에 모두들 놀라움과 함께 큰 기쁨을 느꼈다. 그들은 다시금 하나가 되었다는 생각에 뿌듯해했고 미래에 대한 희망으로 가득 찼다.

유간산의 음모

변정은 기획실장의 약속대로 EM의 바둑 부장이 됐다. 그는 자리에 앉아 K에게 전화했다. K는 변정이 기통문에 있을 당시 아끼던 동생이었다.

"아. 사형! 잘 지내시죠?"

밝은 목소리가 들려왔다. 변정은 기통문파가 후계자를 다시 뽑았는지 궁금하기도 했고 정보도 얻을 겸 전화한 것이었다.

"응, 그래. 난 잘 있어. 그래 문파엔 별일 없고?"

"말도 마세요. 하하. 지금 기통문엔 난리가 났어요."

"난리? 무슨 일인데?"

K는 대대로 내려오던 전설이 현실이 된 것과 바둑을 제일 못 두던 활귀가 후계자가 된 것을 다 알려 주었다. 변정은 크게 놀랐다. 《기경》이 삼백 년 만에 나온 것이다. 그는 이 사실을 사장에게 알렸다.

유간산은 변정에게서 기통문에서 대대로 내려오는 전설이 있었고 그게 진짜로 이루어졌다는 말을 듣고 이게 무슨 판타지인가… 하며 놀라워했다.

"《기경》을 얻는 자가 천하 바둑계를 지배한다고?"

"네. 사장님. 삼백 년 동안 기통문에 내려오던 전설입니다."

"믿기지가 않는군…. 로봇이 통역을 하고 인공지능이 변호사인 이 시대에 그런 전설이 있을 줄이야…."

유간산의 눈이 갑자기 빛났다. 그는 기통문을 무너뜨릴 수 있는 좋은 기회라고 생각했다.《기경》을 빼앗기로 한 것이다.

"《기경》은 지금 어디 있지?"

"네. 활귀라는 새 후계자가 가지고 있답니다. 사람들은 활귀가 바로 《기경》이라고도 한답니다."

"활귀가《기경》이라…. 이건 또 무슨 말인가…?"

유간산은 사장실 한편에 난초 받침대로 쓰이고 있는 용평이란 바둑판을 응시했다. 용의 눈동자가 그를 무섭게 바라보았다. 그는 모종의 음모를 꾸미기 시작했다.

송종문의 꿈

늦은 밤, 쌍백이 술자리에서 송종문과 구도에게 바둑계에 대해 운을 뗐다.

"큰일이에요. 기원에서 바둑 두는 사람은 희귀한 사람이 되어 가요."

"요새 누가 기원에서 바둑 두나? 인터넷 바둑이 편하지. 프로들도 인공지능으로 공부하는 시대인걸."

구도는 인공지능 예찬론자였다. 그는 망망기원에 오면 제일 먼저 기원에 비치된 컴퓨터에 앉아 인공지능을 돌려보며 자신의 바둑을 연구하는 것으로 하루를 시작했다. 구도는 말을 이어 갔다.

"인공지능은 대국하고 나면 패인은 무엇인지, 전략을 어떻게 해야 했는지, 승부처는 어디였고 어떻게 두어야 했는지 등 중요한 것들을 다 가르쳐 주잖아. 인공지능은 우리의 바둑 스승이 된 지 오래야."

인터넷 바둑 시장은 EM과 오토액션 회사가 양분하다시피 시장을 점유했다. 두 회사 모두 30% 내외의 시장 점유율을 기록하고 있었다. 구도의 말을 끄덕이며 듣던 쌍백이 말했다.

"맞아요. 그런데 인공지능이 가르쳐 주는 길만을 따라가다가는 바둑의 본질이 훼손된다고 봐요.

송종문은 가만히 듣고만 있었다. 그는 소주 한 잔을 원샷으로 꿀꺽 삼키고는 말했다.

"인공지능이 등장한 뒤로 바둑은 죽었어."

원장의 말에 다들 더 이상 말을 잇지 못했다. 밤이 깊어 가고 있었다.

*　　*　　*

그날 밤, 송종문은 꿈에 사랑하던 정령 아라를 만났다. 그녀는 송종문의 손을 잡고 냇가로 뛰어갔다. 그녀는 맨발로 물에 들어가서는 손으로 물살을 치며 송종문에게 물을 뿌렸다. 그녀가 환하게 웃자 송종문도 덩달아 기분이 좋아졌다. 그도 냇가에 들어가 아라에게 물을 뿌렸다.

그녀는 송종문의 손을 다시 잡고는 냇가에서 나와 노랗게 핀 수선화 밭에 가서는 그와 함께 누웠다. 햇살이 그들을 비추고 있었다. 수선화가 엄청나게 많은 꽃밭이었다. 송종문이 아라를 쳐다보며 말을 하려는 찰나, 그녀는 온데간데없이 사라져 버렸다. 그는 깜짝 놀라 사방을 두리번거렸다. 그녀는 보이지 않았다. 수선화만이 그의 눈에 들어올 뿐이었다. 그리곤 잠에서 깨었다.

그가 꿈에 아라를 만난 건 20년 전 그녀와 헤어진 뒤로 처음이었다. 송종문은 꿈이 너무도 생생했기에 곰곰이 생각에 잠겼다. 그는 문득 이상한 생각이 들었다.

'아라가 날 수선화 밭에 데려간 이유는 혹시 달기를 치료해 주려고 그런 건 아닐까? 수선화라…. 수선화(水仙花)는 물의 신선을 의미해. 바로 아라를 지칭하는 거지. 어쩌면 수선화에 달기의 병을 치료할 뭔가가 있을지도 몰라….'

그는 20년간 수없이 많은 실험을 통해 달기의 병을 치료하려고 했지만 실패를 거듭, 이제는 지푸라기라도 잡는 심정으로 꿈에 나온 수선화를 연구해 볼 생각을 했다.

4장

빼앗기다

납치

"최 원장님 오셨어요?"

송종문은 문을 빼꼼히 열고 들어오는 한 노신사에게 깍듯이 인사했다.

"아, 송 원장님. 한 수 배우러 또 왔습니다. 하하."

"이리로 앉으시지요. 구도! 녹차라테 한 잔 부탁해."

구도는 인터넷 서핑을 잠시 멈추고 일어나며 말했다.

"그런데 최 원장님만 오시면 우리 원장님 얼굴이 변한다니까. 왜 그리 좋아하세요? 크크⋯."

송종문이 호탕하게 웃으며 말했다.

"바둑 좀 둔다고 어깨에 힘 잔뜩 들어간 너하고 원장님하고 같냐? 원장님 반에 반이라도 닮아라, 이것아. 하하하."

60을 넘긴 최 원장의 이름은 최문삼. 그는 월사리에 있는 꽤 큰 최병원 원장이면서 병원 소유주였다. 머리가 벗겨져 빵모자를 쓰고 있었다. 작은 키에 탄탄한 몸이었다. 바둑은 약했다. 망망기원에 가끔 나오면서 바둑을 두세 판 두고 가곤 했는데 바둑에 대한 열정은 젊은이들 못지않게 뜨거웠다.

구도가 녹차라테를 가지고 왔다. 최문삼은 커피를 아예 안 마시는 사람으로 유독 녹차를 즐겼다.

"그래. 요즘엔 뭘 연구하고 있나요 원장님?"

최문삼은 송종문이 달기의 병을 고치기 위해 백방으로 노력한다는 것을 잘 알고 있었다. 송종문은 어려운 의학에 대해 그에게 가끔 물어보곤 했다.

"수선화를 연구하고 있습니다."

"수선화요?"

"네. 별걸 다 연구한다고 하시겠지만, 지푸라기라도 잡는 심정으로…. 하하."

최문삼은 기원 원장 송종문을 존경했다. 나이는 어리지만 바둑이 센 데다 인품이 훌륭했기 때문이다. 송종문은 세월의 풍파를 겪으면서도 얼굴을 찡그리는 일 없이 언제나 손님들을 잘 대해 줬고 친분이 생기면 따뜻이 대해 주어 사람들로부터 좋은 평판을 받았다.

그때 기원문이 덜컹 열리며 활귀가 들어왔다. 구도는 활귀를 보자 반색하며 말했다.

"이게 누구야? 후계자께서 이런 누추한 곳에 다 오시다니…."

"활귀. 축하해! 와, 후계자라니… 대단해, 정말."

쌍백도 자기 일처럼 축하해 주었다. 활귀는 어쩔 줄 몰라 했다. 그는 이런 분위기에 익숙하지 않았다. 부모가 없이 천애고아로 자라선지 감정을 잘 느끼지 못했고 그럴 때마다 행동을 어떻게 해야 할지 잘 몰랐다.

"아… 형님들… 감사합니다. 하하…."

활귀는 내심 달기 아버지인 송종문에게 인정받고 싶었고 자랑하고 싶었다. 그래서 기원에 들른 것이었다. 활귀 자신도 왜 기원에 왔는지 잘 모를 만큼 그의 마음은 가려져 있었다.

"활귀야. 너 부처님 배 속에 《기경》이 있는 줄 어떻게 알았어?"

송종문은 활귀를 빤히 바라보며 무덤덤한 얼굴로 물어봤다. 활귀는 순간 잔뜩 긴장했다.

"아… 그게… 부처님의 돌보심이었나 봐요….."

모두들 그 말에 유쾌하게 웃었다. 활귀는 송종문이 웃자 그제야 마음이 풀렸다. 송종문은 활귀가 기특한지 그의 머리를 양손으로 쓰다듬었다.

* * *

활귀는 망망기원을 나왔다. 그는 서둘러 기통문으로 돌아가야 했다. 소문주가 된 뒤부터 문주의 명으로 기통문의 여러 가지 사무를 배우는 중이었다.

'아… 내 머리가 조금이라도 더 똑똑했다면….'

그는 머리가 나빠 여러 사무를 배우는데 시간이 더뎠다. 그가 이런저런 생각을 하며 버스 정류장을 향해 가고 있을 때, 갑자기 변정이 나타났다.

"활귀! 오랜만이야."

활귀는 갑작스러운 변정의 출현에 놀랐다.

"아! 변정 사형!"

그때였다. 바로 옆 차도에 정차해 있던 봉고차에서 검은 옷을 입은 4명의 건장한 남자들이 급히 내리더니 활귀를 둘러쌌다. 순간 활귀는 이상한 느낌을 감지했다. 그들의 얼굴이며 행동이 조폭들 같았기 때문이다. 그들은 순식간에 활귀의 양팔을 서로 붙잡고는 강제로 봉고차에 태웠다. 활귀가 반항할 틈도 없이 번개같이 벌어진 일이었다. 그들은 활귀의 입을 테이프로 막고는 두 손을 결박했다. 곧바로 활귀를 태운 봉고차는 어디론가 내달리기 시작했다.

* * *

송종문은 창문 밖으로 활귀가 가는 모습을 쳐다보고 있었다. 그런데 활귀 앞을 가로막는 한 사람이 보였다.

'음…? 저건 변정 아냐?'

송종문이 변정을 알아본 순간, 네 명의 남자들이 활귀를 둘러쌌다. 그리고는 활귀를 봉고차에 태웠다. 송종문은 깜짝 놀랐다. 순식간에 벌어진 일이었다. 송종문은 급히 밖으로 나갔다. 하지만 봉고차는 벌써 그의 시야에서 사라지고 없었다.

'변정은 EM으로 간 걸로 아는데… 이게 무슨 일이야? 그리고 나머지는

조폭들 같던데…. 음….'

송종문은 순간 머릿속에서 갑자기 떠오르는 것이 있었다.

'이거 납치된 건가?'

EM 사장 유간산의 모략을 알 길 없는 송종문은 다시 기원으로 올라와 구도와 쌍백에게 조금 전 일을 얘기했다. 쌍백이 정색을 하며 말했다.

"원장님. 유간산이란 놈은 아주 악질이에요. 어쩌면《기경》을 탐내 활귀를 납치해 간 걸지도 몰라요."

"뭐?《기경》을 탐내?"

"네. 바둑계를 집어삼키려고 우리 양부문을 박살 내 버린 놈입니다. 그 새끼는 이런 짓을 하고도 남을 놈이에요."

쌍백의 말에 송종문은 머릿속이 복잡해졌다. 그는 일단 달기에게 전화를 걸어 이 일을 알려야겠다고 생각했다. 송종문은 바로 달기에게 전화를 걸었다.

"달기야. 놀라지 말고 내 말 잘 들어…."

송종문이 무겁게 내려앉은 목소리로 상황을 달기에게 얘기했다. 자초지종을 다 들은 달기는 활귀가 크게 걱정됐다. 그녀는 즉시 문주에게 이 사실을 알렸다.

기통문 문주의 신고로 EM 회사에 출동한 경찰은 형식적인 선에서 조사하고는 그냥 돌아갔다. 하필 변정이 활귀를 납치한 도로변은 CCTV의 사각지대여서 경찰도 물증이 없었다. 활귀 납치는 변정의 치밀한 계획 아래 이뤄진 것이었다.

협박

여기는 EM 본사의 3층에 있는 테스트실. 361 프로그램을 테스트하는 곳으로 고사양의 컴퓨터가 여러 대 설치돼 있다. 기획실장 허달회는 활귀를 데려와 그곳에 감금했다. 활귀는 의자에 앉은 채 손과 발이 묶였다. 그의 얼굴은 잔뜩 찌푸려져 있었다.

잠시 후, 사장 유간산과 바둑 부장 변정이 함께 들어왔다. 유간산이 활귀를 보고는 변정에게 물었다.

"이자인가? 자칭 《기경》이란 자가?"

"네, 사장님. 활귀라는 후계자입니다."

사장은 활귀를 노려보며 말했다.

"《기경》은 어디 있지? 네가 《기경》인가?"

활귀는 놀랍고 두려웠다. 얼마 전까지만 해도 한솥밥을 먹던 변정 사형이 날 납치할 줄이야…. 활귀가 말이 없자 사장의 눈꼬리가 약간 올라갔다.

"살아 돌아가려면 내 말에 따르는 것이 좋을 거야. 《기경》은 지금 어디 있어?"

"기통문에 있다!"

"《기경》을 이리 가져오라고 해!"

"크크. 내가 내어 줄 거 같으냐? 《기경》은 우리 기통문의 보물이야. 어서 이 결박을 풀어라!"

자리가 사람을 만든다고 활귀는 후계자가 된 뒤 담대해졌다. 그가 당차게 나오자 변정이 나섰다.

"활귀. 순순히 《기경》을 내주는 것이 좋을 거야. 우리에게 자비란 없어."

활귀는 배신자 변정과는 말도 섞기 싫었다. 그는 고개를 돌리며 외면했다. 변정이 재차 물었다.

"활귀. 어린 나이에 후계자가 됐다고 거드름 피우는 거야?"

활귀가 변정을 노려봤다. 그는 당당하게 말했다.

"사형! 부끄럽지도 않아? EM의 개가 되어 우리를 배신하고 《기경》까지 빼앗으려고 하다니!"

변정은 그의 말에 순간 욱하며 화가 치밀어 올랐다. 자신을 EM의 개라고 한 것이다.

"이놈이? 잘 들어, 활귀. 《기경》을 내놓기 전에는 넌 나갈 수 없어! 마음을 고쳐먹는 게 좋을 거야!"

변정의 협박에 활귀는 크게 웃었다. 웃음소리가 대범했다.

"으하하하. 사형의 꼴이 나보다 못하지 않아? 이런 사악한 집단에 속하려고 우리 문파를 나간 거였어? 크크크."

바로 옆에 있던 기획실장 허달회는 활귀가 잡혀 온 주제에 기세등등하게 나오자 그의 뒤통수를 세게 후려쳤다.

"이 녀석이? 잡혀 온 주제에 말이 많아! 잠자코 있어, 이 새꺄!"

활귀는 더 이상 아무 말도 하질 않고 눈을 감았다. 유간산은 활귀가 생각 외로 강하게 나오자 혀를 차며 테스트실을 나가 버렸다.

구하러 가다

달기에게서 활귀가 납치됐다는 얘길 들은 허통과 비찰은 크게 놀랐다. 비찰이 믿기지 않는다는 듯이 물었다.

"이유가 뭐지? 납치해 간 이유가… 도저히 이해가 안 되네…."

"사형! EM이 《기경》을 노리고 납치한 거야. 그놈들 인공지능 바둑 장사하잖아. 그러니까 《기경》이 필요한 거야."

달기의 말에 허통이 물었다.

"《기경》은 우리 기통문 사람들만 아는 비밀인데 그놈들이 어떻게 알고…?"

"아이고, 참… 변정이 배신해서 거기로 갔잖아요. 변정이 다 알려 준 거지요…."

그제서야 비찰과 허통은 머릿속이 환해지며 이 상황이 진짜라는 것을 알게 됐다.

기통문

"저 오늘 자정 쯤 월사리로 가서 활귀를 구해 올래요. 좀 도와주세요."

"오밤중에 건물로 어떻게 들어가?"

비찰의 말에 달기가 비장한 어조로 말했다.

"제가 능력을 쓰면 보안망을 무력화시킬 수 있어요."

허통이 근심스러운 얼굴로 물었다.

"괜찮겠어? 두 시간은 넉넉히 걸릴 텐데…. 월사리는 달의 기운이 약해…."

"그 정도는 끄떡없어요. 절 믿으세요!"

*　*　*

자정을 넘긴 1시 경, 달기는 홍옥 건물 옆의 관리실로 갔다. 거기에는 관리장 허통이 비찰과 함께 있었다. 그들은 함께 구화문을 나서 기통문 소유의 주차장이 있는 데까지 내려갔다. 허통은 주차장에 있는 봉고차 스타리아에 올라 시동을 걸었다. 조수석에는 비찰이 탔다. 허통은 몽둥이와 칼을 준비해 가지고 왔다. 달기가 뒷좌석에 타자 차는 쏜살같이 내달리기 시작했다. 목적지는 월사리 EM 건물이었다.

탈출

🌙

양자 보안 시스템은 도청이나 해킹이 불가능하다. EM의 보안 시스템이 그러했다. 20층 빌딩의 출입부터 시작하여 운영 시스템의 백본 및 방화벽은 막강했다. 이 방어막은 프랑스의 포톤 테크[28](Photon Tech.) 회사에게 의뢰하여 구축했는데 그 어떤 해커도 뚫고 들어오지 못했다.

자정을 넘긴 1시 반, 도로변에 위치해 있는 EM 건물 주위는 가로등과 주변 건물들의 네온사인으로 인해 은은히 빛을 냈다. 그들은 EM 건물에 다다랐다. 차를 도로변에 세우고 곧바로 차에서 내려 빌딩 정문으로 갔다. 주변은 한적했고 간간이 술 취한 행인들이 지나가고 있었다. 허통과 비찰이 망을 봤다. 달기는 한껏 긴장해 있었다.

"달기! 지금이야. 능력을 써 봐!"

허통이 말했다. 달기는 집중했다. 눈을 감고 마음속에 EM 건물을 그렸다. 그리고는 양손으로 머리를 부여잡고는 악을 썼다.

---

28) photon: 광자. 빛이 보유하고 있는 입자성과 파동성의 두 가지 성질 중, 입자성에 따라 빛을 파악하는 것. 광량자라고도 한다.

"아아아악!!!"

술 취한 행인 하나가 무슨 소린가 하고 쳐다보다가 뭘 봐? 하듯이 노려보는 허통과 비찰의 모습에 다시금 제 갈 길을 갔다.

달기는 너무 많은 에너지를 써서인지 바로 바닥에 무릎을 꿇었다. 비찰이 달기의 양어깨를 잡아 주며 말했다.

"괜찮아?"

"끄응… 머리가 지끈거려요….”

달기의 목소리엔 힘이 하나도 없었다. 그들이 바라보니 EM 건물 정문이 열렸다. 허통이 우선 칼과 몽둥이를 들고 정문으로 뛰어 들어갔다. 비찰도 달기를 부축해 따라 들어갔다.

* * *

1층 보안실에서 근무하던 보안요원은 깜짝 놀랐다. CCTV가 모조리 나가 버리고 시스템 모니터도 다 꺼져 버렸다. 빌딩의 양자 보안망이 먹통이 된 것이다. 처음 겪는 일이었다.

그는 일순간 정전인가? 하고 잠시 자리에서 기다렸다. 정전이라면 건물 자체적으로 가지고 있는 임시 발전기가 돌아가기 때문이다. 그런데 시간이 지나도 전기가 들어오지 않았다. 당황한 그는 전기 총을 손에 들었다. 그리고는 조심스레 보안실 문을 열고 로비로 나왔다.

순간 머리가 번쩍하며 허통이 뒤에서 휘두른 몽둥이에 맞고는 곧바로 쓰러졌다. 허통은 그의 손과 발을 굵은 줄로 칭칭 감았다. 그 순간 비찰과 달기가 따라 들어왔다. 허통은 보안요원의 뺨을 쳐 댔다. 여러 차례 뺨을 치자 기절했던 보안요원이 깨어났다.

"활귀 어디 있어?"

허통이 그를 윽박질렀다.

"모… 몰라요….."

허통이 칼을 목에 들이댔다.

"죽을래? 어제 납치한 사람 어디 있는지 말해!"

칼끝이 보안요원의 목을 살짝 찔러 들어갔다. 목에 피가 나자 겁에 질린 보안요원이 말했다.

"3층이요. 305호예요….."

그 순간 허통이 다시 한 번 그의 머리를 몽둥이로 때렸고 그는 기절했다. 달기는 월하산 밖인 데다 능력을 최대한 쓴 후라 몸 상태가 안 좋았다. 그녀는 걷기조차 힘들어했다. 허통이 말했다.

"달기. 여기 있어. 비찰과 나는 가서 활귀를 빼 올게."

"끄응… 네."

비찰이 보안요원의 허리춤에서 열쇠 꾸러미를 빼낸 뒤 그들은 3층으로 올라갔다. 엘리베이터가 정지된 상태여서 비상구 계단을 이용했다.

305호 테스트실. 활귀는 자고 있었다. 그는 비몽사몽간에 누가 자기 몸을 막 흔들어 깨우는 것을 느꼈다. 활귀! 어서 일어나! 활귀야! 꿈속에선지 아닌지 잘 모를 소리가 들려왔다. 활귀는 눈을 떴다. 그의 눈앞엔 비찰과 허통이 있었다.

"아…."

"야! 빨리 일어나!"

허통이 다급히 외치는 소리에 그는 일어났다. 허통은 활귀의 팔을 붙들고는 일으켜 세운 뒤 문밖으로 나갔다. 비찰도 문밖으로 나가며 말했다.

"여기서 탈출해야 해. 활귀! 서둘러!"

그들은 1층 로비로 계단을 타고 서둘러 내려갔다.

*　　*　　*

한편 EM 본사에서 15분 거리에 있는 텐 시큐리티(TEN Security) 월하사 거리 사업부. 여기는 종합 안심 솔루션 업체인 텐 시큐리티의 보안 솔루션 담당 월사리 지부이다. EM 회사가 만일의 사태에 대비해 가입한 보안 회사였다.

"애애애앵 애애앵."

비상벨이 울리고 당직실의 불이 적색으로 변하며 깜박였다. 당직을 서며 카드놀이를 하고 있던 4명의 보안요원들은 바로 일어나 모니터를 체크했다. 위치는 EM 본사. 그들은 서둘러 장비를 챙기고는 차량을 탔다. 자정을 넘은 시간이라서 차량은 번개같이 내달렸다. 15분이 채 되지 않아 그들은 목적지에 도달했다.

EM 빌딩의 정문이 열려 있고 정문으로 네 명의 사람이 막 나오고 있었다. 리더인 P가 다른 요원들에게 급히 말했다.

"저들을 잡아!!"

보안요원들이 그들을 잡으러 급히 뛰어갔다. 막 정문을 나오던 네 명은 화들짝 놀라며 타고 온 스타리아 안으로 들어갔다. 달기는 몸이 휘청거리며 차에 타지 못하고 차 문 앞에서 쓰러졌다. 기진맥진한 그녀는 막 달려온 보안요원들에게 붙잡혔다. 그 순간 차는 세 명만 태운 채 전속력으로 질주해 달아났다.

"뒤쫓을까요?"

보안요원 한 명이 P에게 묻자 리더인 P가 말했다.

"빌딩 안으로 들어가 보자. 안 쫓아도 돼. 내가 차 넘버 찍어 놨어."

P는 리더답게 침착했다. 그는 붙잡힌 달기를 쳐다보며 말했다.

"저 여자는 일단 우리 사업부로 데려가자."

《기경》을 넘겨라

월사리 남쪽 보라매공원 근처에 있는 EM의 안전 가옥. 이층짜리 집이다. 본사가 달기의 능력으로 엉망진창이 되어 버려 시스템을 복구하는데 시간이 걸리기 때문에 사장 유간산은 안전 가옥으로 출근했다. 달기는 손이 묶인 채 방에 누워 있었다.

"끄윽… 끄윽……."

달기는 이상한 소리를 내며 기력을 잃은 채 죽어 갔다. 그녀는 능력을 최고조로 쓰느라 한번에 너무 큰 에너지를 소비한 데다 월하산에서 벗어난 관계로 시름시름 앓고 있었다.

유간산은 변정으로부터 미스터리한 달기의 능력과 달의 기운이 없으면 죽는다는 치명적인 약점을 알게 됐다. 그는 놀랐다. 초능력을 가진 인간이 있다는 점에 놀랐고 달의 기운이 없으면 시름시름 앓다 죽는다는 사실에 대해 또 놀랐다. 실제로 달기는 죽어 가고 있었고 유간산은 이 방에서 송장을 치를 수는 없다고 생각했다. 그는 변정에게 말했다.

"송장 치기 싫으면 《기경》을 가져오라고 해!! 당장!!"

　　　　*　　*　　*

　변정에게서 달기의 상태를 들은 활귀는 더 이상 그 무엇도 생각할 수 없었다. 당장 달기를 구해야 한다는 생각뿐이었다. 그런데 활귀가 8개의 두루마리를 가방에 서둘러 담고 있을 때, 뭔가가 그를 막아섰다. 마음속에서 8번째 마지막 두루마리를 주면 안 된다는… 말하기 힘든 작은 울림, 하지만 거부하기 힘든… 메아리였다. 활귀는 생각했다.

　'맞아! 《기경》 서두에 두루마리는 7개랬어. 마지막 8번째 두루마리를 주지 않아도 그들은 몰라!'

　활귀는 마지막 두루마리 묘수 편을 감췄다. 그리고는 7개의 두루마리를 가방에 멘 후, 생각할 겨를도 없이 번개같이 그들이 제시하는 장소로 내달렸다.

사랑이 싹트다

활귀는 달기를 등에 업고 구화문을 향해 갔다. 이마와 등에서 땀이 비 오듯 했다. 그런데도 활귀는 달기가 무겁게 느껴지지 않았다. 워낙 급박한 상황이다 보니 달기가 무거운지 몰랐던 것이다. 기통문에서 간호 업무를 보는 여제자 D가 구화문 앞에 있었다.

"소문주! 팔선전 입원실로!"

팔선전 내에 있는 입원실은 다친 사람이 있거나 감기 등 바이러스 감염이 된 제자가 있을 때 입원하여 치료받는 자체 병동이었다. 활귀가 달기를 입원실의 침대에 눕히자 D는 눈을 열어 동공을 살핀 후, 맥을 짚었다. 그리고는 청진기로 달기의 상태를 보았다. 문주와 송종문이 옆에서 지켜 봤다.

"맥이 잘 잡히지가 않아요….."

달기는 아무 소리도 내지 않고 죽은 듯이 누워 있었는데 입술이 말라 갈라지고 푸르스름했다. 눈두덩도 푹 들어가 의사가 아닌 평범한 사람이 보아도 곧 죽을 사람처럼 보였다.

곧바로 화상으로 원격 진료가 시작됐다. 진료는 최병원 원장 최문삼이 직접 했다. D가 최 원장을 도와 간호 업무를 봤다. 진료 내내 모니터에 비치는 최 원장의 얼굴이 무거웠다. 드디어 진료가 끝나고 그가 말했다.

"달의 기운을 다시금 받게 되었으니 너무 걱정하지 않아도 될 듯합니다. 달기는 달의 기운만 받으면 금세 회복될 거예요. 의학적으로는 전혀 설명되어지지 않는 매우 특이한 일이죠. 다만….."

"다만… 이라뇨? 다만 뭐죠?"

송종문은 의사의 말에도 안심이 되질 않았다. 그만큼 달기의 상태가 나빴다.

"기력이 너무 약해서 영양제를 주사하도록 D에게 말해 놓았어요. 일단 환자가 눈을 뜰 때까지는 달기를 24시간 지켜봐 주어야겠는데….."

"원장님. 제가 돌보고 있을게요. 걱정 마세요."

옆에 있던 활귀가 말했다. D가 영양제 주사기를 달기의 손목에 주사했다.

"아! 소문주께서 그럼 고생 좀 해 주세요. 일단 AI를 가동시켜서 원격 진료를 24시간 풀가동시켜 놓을 테니….. 화면에 비상 호출 버튼이 보일 거예요. 급할 때 그걸 누르면 나하고 연결이 돼요. 할 수 있겠죠?"

"네, 원장님. 감사합니다. 정말 감사합니다."

활귀는 연신 최문삼에게 머리를 조아렸다.

* * *

달기는 삼 일 동안 잠만 잤다. 전혀 의식이 돌아오지 않았다. 아무런 소리도 내질 않았다. 영양제 주사를 받는 손목 근처는 D가 주사 바늘을 여러 번 꽂는 바람에 멍이 들어 있었다. 나흘째 밤. 이날도 어김없이 활귀는 침상 옆 보호자용 보조 침대에 누워 새우잠을 잤다.

"…. 끄으… 끙…."

달기가 실타래 같은 눈을 뜨며 입을 열었다. 그녀는 자신의 침상 바로 옆 보조 침대에 누워 있는 활귀를 보았다. 활귀는 달기가 깨어난 것을 알지 못하고 잠을 잤다. 그녀는 그 모습을 보고는 다시 깊은 잠에 빠져 들었다.

그 이후로 달기가 깨어나는 횟수가 많아졌다. 달기는 서서히 기력을 회복하여 이제는 활귀가 먹여 주는 시금자죽을 먹을 만큼 기력을 회복했다. 시금자죽은 검은 깨로 만든 죽으로 환자가 기력을 회복하기엔 딱 좋은 죽이었다.

드디어 일주일째 되는 날, 달기는 기력을 거의 다 회복하여 병상에서 밖으로 나올 수 있게 되었다. 신기하게도 월하산의 정기[29](精氣)는 달기에 겐 만병통치약이었다.

* * *

달기와 활귀는 하트바위로 산책을 나갔다. 달기는 기력을 거의 다 회복 해서 얼굴에 생기가 돌았다. 그들은 하트바위 옆 벤치에 앉았다. 새소리 가 들려왔다. 봄이 지나가는 오월의 산속은 달기가 병을 치유하기에 너 무나 좋은 장소였다.

그들은 아무 말이 없었다. 서로 큰 환난을 겪었던 탓인지 서로에 대한 믿음이 생겼고 애정이 자라났다. 고요한 정적을 깨고 달기가 물었다.

"활귀야. 나 때문에 《기경》을 빼앗겨서 어째?"

활귀는 달기를 바라봤다. 그는 미소를 지었다. 눈매가 아름답게 변했 다. 입가에 잔잔한 미소를 머금으며 그가 말했다.

"난 《기경》은 잃었지만 달기를 얻었잖아."

달기의 눈이 빛났다. 그녀는 활귀의 손을 잡았다. 활귀는 달기의 따뜻

---

29) 정기(精氣): 천지 만물을 생성하는 일종의 에너지 형태로 원천이 되는 기운 또는 생기 있고 빛이 나는 기운을 뜻한다.

한 손을 느꼈다. 서로 눈동자가 부딪혔다. 달기의 눈동자는 말로 표현하기 힘든 깊은 바다 같았다. 활귀는 달기에게 키스를 했다. 그들은 그렇게 오래도록 있었다.

* * *

월하산 밑에는 카페 오디세이가 있다. 월하산 초입에 위치한 꽤 유명한 카페다. 활귀와 달기, 닉시가 카페에 나왔다. 바람도 쐴 겸 커피도 마실 겸 나온 것이다.

구화문을 벗어나서부터 활귀와 달기는 줄곧 서로 손을 꼭 잡고 산을 내려왔다. 닉시는 모른 체했다. 달기는 목숨을 걸고 활귀를 구출하러 갔고, 활귀는 달기를 구하고자 《기경》을 내주었다. 그들이 사랑에 빠진 것은 어찌 보면 당연한 것이었다. 닉시는 착잡했고 체념해야 했다.

"변정 사형이 그렇게 나쁜 짓을 하다니…."

활귀가 커피를 마시며 말을 했다. 닉시가 갑자기 화를 냈다.

"소문주! 사형이라고 부르지도 마! 그놈은 악마가 됐어!"

닉시가 언성을 높이자 활귀와 달기는 깜짝 놀랐다. 닉시가 화내는 모습을 처음 본 것이다. 흥분한 닉시가 말을 이어 갔다.

"달기가 죽을 뻔했잖아!! 그놈은 인간도 아냐!"

"닉시 좀 진정해…. 옆에서 다들 쳐다보잖아….'

닉시의 높아진 언성에 카페에 있던 사람들이 쳐다보며 얼굴을 찡그렸다.

"아… 미안해. 그 새끼 이름을 들으니 갑자기 화가 나서….'

달기가 말했다.

"그놈 얘긴 그만하자. 입만 아퍼."

달기는 닉시를 진정시키고 화제를 돌리려고 힘썼다.

오디세이는 편안하고 조용한 느낌의 장소였다. 서울에서 보기 드물게 멋진 카페였다. 먼 곳에서도 찾아와 커피를 마실 만큼 인기가 많았다. 그들은 한 시간 남짓 머물다가 기통문으로 돌아갔다.

* * *

"큰일을 당했어도 무사해서 다행이야. 하마터면 큰일 날 뻔 했어."

쌍백이 생맥주를 한껏 들이킨 후 활귀에게 말했다.

"네. 저도 그렇지만 달기가 살아나서 천만다행이에요. 《기경》을 빼앗겼지만요."

활귀도 맥주잔을 벌컥벌컥 들이켰다.

월사리의 포리스트 호프집이었다. 송종문이 활귀를 좀 보자고 불러낸 것이다. 송종문이 말했다.

"개새끼들! 다 죽여 버리고 싶어!"

구도도 맞장구를 쳤다.

"유간산은 지명대로 못 살걸요. 두고 보세요. 천벌을 받을 놈…."

송종문은 소주 한 잔을 원샷했다. 씁쓰름했다. 그는 활귀에게 말했다.

"아, 그건 그렇고. 활귀야?"

"네, 원장님."

"내년 초에 지존배 세계 바둑대회가 열리거든. 거기 한번 나가 봐라. 그 대회는 아마추어도 참가가 가능해."

기통문

송종문이 활귀를 부른 이유였다.

"세계 대회를요?"

활귀가 놀라자 송종문이 정색을 하며 말했다.

"활귀야. 우물 안 개구리가 돼선 안 돼. 고인 물이 썩듯 우리처럼 이렇게 당하는 거야. 기통문 소문주에 만족해선 안 되는 거야!"

활귀는 송종문의 말에 용기가 생겼다.

"네, 원장님. 한번 나가서 최선을 다해 보겠습니다."

다들 활귀의 말에 고개를 끄덕였다.

음양오행

"음양오행설은 금(金), 수(水), 목(木), 화(火), 토(土)의 다섯 가지가 음양의 원리에 따라 행함으로써 우주의 만물이 생성하고 소멸하게 된다는 것입니다…."

"서두는 그만하고 바로 본론으로 들어가지."

바둑 부장 변정은 사장과 기획실장, 361팀의 이 팀장과 함께 음양오행으로 이루어진 《기경》의 구조에 대한 연구 보고를 하고 있었다.

"네, 사장님. 《기경》은 기통문의 창시자인 독고혁인 천원화의 작품입니다. 총 7개의 두루마리로 되어 있는데요, 각각의 두루마리는 음양오행의 이치에 따라 음과 양, 목·화·토·금·수라는 7개의 상징들로 구성되어 있습니다. 저자는 일곱 개의 두루마리에 바둑의 이치를 모두 담았고, 이 일곱 두루마리를 익히는 사람은 완전한 바둑의 길을 깨우치게 될 거라고 말하고 있습니다."

유간산은 고개를 연신 끄덕이더니 변정에게 물었다.

"그래. 자네 생각은 어때? 《기경》을 익히면 정말 세계 최고의 고수가 되나?"

변정은 얼마 전만 해도 기통문 사람이었고, 어려서부터 《기경》이 나타나면 기통문이 천하 바둑계를 제패할 거라고 굳게 믿던 사람이었다. 그는 추호의 의심도 없었다.

"사장님. 《기경》은 전설 속 책입니다. 그리고 진짜 실재하고 있고요. 저는 《기경》이 바둑계를 지배하리라고 믿습니다."

유간산은 변정의 말에 확신이 있자 고개를 끄덕였다.

"변 부장. 계속 진행해 봐."

"네, 사장님. 361 팀장의 연구에 의하면 《기경》은 시스템으로 구현할 수 있다고 합니다. 딥러닝[30]에서 7개의 상징들로 특화된 알고리즘을 프로그래밍하면 361이 엄청나게 강해질 것 같습니다."

"음… 좋아. 이 팀장?"

"네, 사장님."

---

30) 딥러닝(Deep Learning): 컴퓨터가 스스로 외부 데이터를 조합, 분석하여 학습하는 기술을 뜻한다. 딥러닝의 고안으로 인공지능이 획기적으로 도약하게 되었다.

"《기경》을 한번 361에 탑재해 봐. 그리고 보안에 신경 쓰도록. 《기경》의 내용이 오토액션 등으로 유출돼서는 곤란해."

"네, 알겠습니다. 최선을 다하겠습니다."

* * *

변정은 회의가 끝난 후 바둑 부서로 돌아가는 길에 이 팀장에게 말했다.

"이 팀장. 평창 대회 말이야…. 그게 언제지?"

"네, 부장님. 4개월 정도 남았습니다."

"그럼 그 안에 탑재를 해 놔 봐. 삼라만상하고 맞짱을 떠 보자고."

삼라만상은 세계 AI 바둑대회에서 6년간 연속 우승한 중국의 바둑 인공지능으로 중국 대륙의 자존심이었다.

* * *

변정이 자기 자리에 와 의자에 앉자마자 휴대폰 벨이 울렸다. 전라북도 전주에 있는 어머니였다.

"정아. 잘 지내지?"

"네, 어머니. 하하. 잘 지내고 있어요."

"다음 주 수요일이 아버지 기일인데 내려올 거지?"

"아…. 벌써 그렇게 되었나요?"

"이놈아. 늘 석가탄신일 일주일 전이 너희 아버지 기일이잖아. 또 까먹었냐?"

"어머니… 새로 들어온 회사일이 바빠서 못 갈 것 같아요…."

"…. 기통문을 나온 뒤로 통 연락도 안 하고 내려오지도 않고…. 왜 그러니?"

"별일 없어요. 조만간에 내려갈게요. 죄송해요."

변정은 전화를 끊었다. 그는 의자에 몸을 기대고는 축 늘어졌다. 피곤이 몰려왔다. 그는 사실 무척 괴로운 상태였다. 자신이 아끼던 기통문의 적이 되어 사장의 지시에 따라 오랫동안 같이 지내던 활귀와 달기를 사지로 몰아붙였던 일이 미안했다.

'아…. 사회생활이란 이런 것일까? 어제의 친구가 오늘의 적이 되는…?'

다 때려치우고 문파로 돌아가고 싶었다. 사형, 사제, 동문수학하던 친구들이 그리웠다.

'내가 EM에 온 것은 잘한 일일까?'

마치 자신이 괴물 프랑켄슈타인 같았다. 자신을 만들어 준 가족들을 살해하는 괴물 같았다.

수선화

달의 기운이 뭔지…. 달기는 그것 없이는 살지 못한다. 송종문은 20년 간 달의 기운을 찾아 돌아다녔고 연구했고 실험했다. 하지만 아무것도 발견하지 못했다.

송종문은 선한 마법만이 달기를 저주에서 풀어줄 수 있을 거라고 생각했다. 그는 세상에 나와 있는 모든 마법에 관련된 책들을 연구했다. 하지만 그것도 달기의 운명을 되돌려주지 못했다.

송종문은 달의 기운을 체내에 공급하는 물질을 'Ara'라고 임시로 명명한 뒤 끝없는 연구를 했다. Ara는 사랑하던 정령 아라를 생각하며 지은 이름이었다. 하지만 20년 동안 무수히 많은 연구와 실험이 있었지만 Ara 는 발견되지 않았다. 그는 절망했고 거의 포기 상태였다. 수선화를 연구 하는 것도 지푸라기라도 잡고 싶은 심정이었기 때문이다.

* * *

"수선화 꽃잎은 6장인데 한가운데 있는 부화관의 크기에 따라 품종을 나눈다. 습지에서 자라는 여러해살이풀로 12월부터 3월까지 꽃을 피운다. 셰익스피어는 희곡 〈겨울 이야기〉에서 '제비가 돌아오기도 전에 피어나 3월의 바람을 아름답게 머금었다.'라고 수선화를 칭송했다⋯."

송종문은 실험실에서 수선화에 대한 자료를 모은 뒤, 천천히 읽어 내려가고 있었다.

"아름다운 꽃, 수선화는 자신을 지키기 위한 무기로 유독성분을 갖고 있다. 구근식물의 뿌리를 즐겨 파먹는 들쥐도 수선화 구근은 건드리지 않는다고 한다. 수선화를 꺾어 다른 꽃들과 함께 물에 담그거나 동물이 수선화 구근을 먹을 경우 해를 입을 수 있다⋯."

그는 독성이 있다는 대목에서 잠시 멈추었다.

'어쩌면 이독제독[31](以毒制毒)이 가능할지도 모르겠군⋯.'

작금의 시대는 천지 음양오행의 기운이 사람 몸으로 어떻게 들어오는지 계측기로 측정이 가능한 시대였다. 십 년 전, 중국의 '음양명리'라는 회사는 과학 기술에 명리학[32](命理學)을 접목하여 사람들에게 영향을 미치는 달과 태양의 기운을 측정할 수 있는 음양 계측기를 만들어 냈다. 그것은 달 표면 온도 등을 참고하여 달의 기운을 센서를 통하여 수치적으로

---

31) 이독제독(以毒制毒): 독을 없애기 위해서 다른 독을 씀.
32) 명리학(命理學): 사주팔자의 기본 틀을 기초로 하여 대운의 흐름을 살펴서 타고난 선천적 운명과 후천적 운을 알기 위해 탐구하는 학문.

나타냈다. 십 년 전 송종문은 값비싼 음양 계측기를 회사가 있는 중국 상하이에 가서 구매했다.

'이 꽃을 연구하여 치료 특성을 가진 특정 분자를 확인할 수 있다면….'

그는 독성 물질에 어떤 것들이 있는지 자료를 이리저리 넘겨보았다. 그는 느낌이랄까…. 본능적으로 독성 물질에 어떤 해답이 있지 않을까 생각했다.

달기가 죽을 고비를 넘기고 간신히 살아난 뒤로 송종문은 연구에 필사적으로 매달렸다. 또다시 그런 일이 일어나지 않으리란 보장이 없었다. 딸을 위해 그는 반드시 Ara를 발견해야 했다.

5장

칡과 등나무

첫눈에 반하다

쌍백은 월하산을 올랐다. 기통문 근처까지 좁은 시멘트 도로가 나 있었지만 그는 그걸 마다하고 한번 초입에서부터 오르고 싶었다. 그는 숨이 차고 다리가 뻐근하니 묵직해지자 잠시 쉬었다.

'끄응. 명불허전이로군. 산세가 이리 아름답고 곳곳에 이름 모를 꽃들이 즐비해 내 눈을 즐겁게 하는구나…. 계곡도 많고…. 듣던 대로 명산이로군….'

서울의 월하산은 북쪽에 있는 묘향산과 더불어 산이 수려하고 신령스런 기운이 있는 명산으로 나라에서 이름을 날렸다. 사람들은 월하산에는 산을 지키는 산신령이 4명이 있고, 이 산에서 부정을 타는 짓을 하면 하늘의 벌을 받는다고들 하며 월하산을 신성시하였다.

쌍백은 기통 문주가 그를 만나고 싶어 한다는 활귀의 말을 듣고 날을 잡아서 기통문을 방문하는 길이었다. 잠시 쉬면서 숨을 고른 그는 다시 발걸음을 재촉했다. 삼십 분 남짓 가자 멀리에 기통문의 정문인 구화문이 보였다. 그가 구화문 앞에 다다르자 문 앞에 기통문 여제자 한명이 마중을 나와 있었다.

"쌍백 님이신가요?"

"네, 그렇습니다. 반갑습니다."

"안녕하세요? 닉시라고 합니다. 제가 문주님께 안내해 드리겠습니다."

닉시는 구화문을 열고 문주가 묵고 있는 혁인당으로 쌍백을 안내했다. 그들이 마당을 가로질러 갈 때였다. 쌍백이 닉시에게 말을 걸었다.

"어디서 오셨나요?"

"네? 저요?"

"네. 한국분이 아닌 듯해서요."

"아…. 세인트 오거스틴에서 왔습니다. 미국."

"세인트 오거스틴? 사람 이름인가요?"

"아니요. 플로리다주의 항구 도시예요."

그제야 쌍백은 이해했다. 닉시가 세인트 오거스틴이라고 말하자 사람 이름인 줄 착각한 것이다. 닉시의 얼굴에 웃음이 번졌다.

"실례지만 이름이 어떻게 되시나요?"

"아까 말씀드렸었는데…. 전 닉시예요."

쌍백은 닉시를 보자 첫눈에 반했다. 닉시도 쌍백에게 큰 호감을 보였다. 남자답고 멋있다고 생각했다.

"항구 도시 세인트 오거스틴은 어떤 곳인가요?"

"네… 뭐랄까…. 조용하고 평화로운 도시…. 골목골목 예쁜 도시… 입니다."

"하하. 가 보고 싶네요."

"그곳은 미국에서 제일 먼저 생긴 도시예요."

"아…. 그래요?"

쌍백은 미국 최초의 도시라는 말에 놀랐다. 두 사람의 대화는 혁인당이 보일 때까지 계속 이어졌다.

* * *

"그래, 양부문은 어떻게 된 건가? 안타까운 일이네. 오랫동안 번창하던 양부문이 하루아침에 사라지다니…."

문주 진호림은 녹차를 마신 후, 찻잔을 차상[33](茶床)에 내려놓으며 말했다. 두 사람은 차상을 사이에 두고 앉아 있었다.

"자금이 말라서… 어려움을 겪고 있었습니다. 솔직히 문파가 풍전등화의 위기 상태였죠. 설상가상으로 유간산이 우리의 위기를 빌미 삼아 노리고 있다는 걸 몰랐습니다. 나중에 알게 된 사실이지만… 유간산 이놈이 바둑계 전체를 노리고 있다고 합니다."

"우리 바둑계를?"

"네, 그렇습니다. 그놈은 바둑계를 자기 수중에 넣고 그걸 이용하여 큰 돈을 모으려고 한다고 합니다."

"음. 나도 그리 의심하고 있었어. 변정을 빼가고 활귀를 납치했던 놈들 아닌가? 가증스런 놈들. 그런데 그놈들이《기경》을 손에 넣다니…. 허어 참."

잠시 정적이 흘렀다. 쌍백은 녹차를 마셨다. 진호림은 그를 눈여겨 바라봤다. 근 5년 전부터 바둑계에서 양부문 후계자 쌍백의 이름은 널리 명성을 날렸다. 그는 바둑계에서 가장 촉망을 받는 인재 중 한 명이었다. 그

---

33) 차상(茶床): 차의 도구를 올려놓는 상.

를 실제로 만나 보니 과연 듣던 대로라고 생각했다. 젊은이답게 용감하고 호기 있게 보였다. 양부문이 몰락하면서 그의 처지가 딱하게 되었지만, 어둠 속에서 다시 일어설 인물이라고 생각했다. 진호림은 자신의 의향을 물었다.

"쌍백. 지금 오갈 데 없는 신세라고 들었네. 우리 기통문에 들어오지 않겠나? 우리와 함께 지내며 EM에 맞서 싸울 생각은 없나?"

쌍백은 문주의 말에 대답을 못하고 잠시 생각에 잠겼다.

"쌍백. 자네 혼자서는 몰락한 양부문을 재건하긴 힘들어. EM과 싸우기도 힘들고. 우리를 등에 업고 훨훨 날아오를 생각은 없나?"

쌍백은 문주의 거듭된 제안에 잠시 주저했다. 하지만 그는 원래 뜻한 바가 있었다. 그는 말했다.

"문주님. 이런 제안을 주신 것, 정말 감사합니다. 하지만 아직은 양부문의 그늘이 저를 깊게 드리우고 있습니다. 지금은 이곳에 들어올 때가 아니라고 생각합니다. 죄송합니다."

진호림은 그의 말에 고개를 끄덕였다.

Ara를 발견하다

⌒

드디어 회전 농축기[34](Rotary Evaporator)에서 푸른색의 약간 걸쭉한 액체가 만들어졌다.

'신비한 색깔이군. 울릉도 죽도에서 바라보던 하늘과 바다의 푸른색의 향연을 다시금 생각나게 하는걸….'

송종문은 수선화를 재료로 실험을 하는 중이었다. 수선화에서 여러 단계를 거쳐 뽑아낸 푸른색의 액체는 20년 전 울릉도 시절을 기억나게 했다. 송종문은 그 걸쭉한 액체를 스포이트[35]에 절반쯤 담은 다음 음양 계측기에 떨어뜨렸다. 그는 일말의 희망 때문에 긴장하고 있었다. 스포이트를 잡은 손이 약간 떨렸다.

"앗…?"

---

34) 회전 농축기(Rotary Evaporator): 감압하에서 플라스크를 수조 중에서 회전하여 플라스크 내 액을 농축시키는 장치. 천연물 분리 과정에서 얻어지는 민감한 물질의 분리에 효율적이다.

35) 스포이트: 한쪽 끝에는 고무주머니가 달려 있고 다른 쪽 끝은 가늘게 되어 있는 유리관으로 된 화학실험도구를 말한다. 소량의 액체를 빨아내거나 한 방울씩 떨어뜨리는 데 사용된다.

음양 계측기에서 달의 기운을 나타내는 화면에 210 아니마[36](Anima)가 찍혔다. 송종문은 소스라치게 놀랐다. 십 년 전, 음양 계측기를 중국 상하이에서 구매하여 달의 기운을 측정하기 시작한 뒤로 계측기의 수치가 200 아니마가 넘은 것은 처음이었다.

달기는 200 아니마 이상의 환경에서 살 수 있다. 묘하게도 월하산은 딱 200 아니마의 공간이었고 월하산 밖으로 나가면 그 수치는 현저히 떨어진다. 달기가 월하산을 떠날 수 없는 이유다.

송종문은 수선화를 실험 재료로 삼아 연구를 거듭하며 여러 가지 실험을 하던 도중에 푸른색의 걸쭉한 액체가 210 아니마를 가리킨 것이다. 드디어 수선화에서 Ara가 추출됐다.

그는 신중했다. Ara가 추출되기까지 어떤 과정을 거쳤는지 노트에 메모하기 시작했다. 메모하는 송종문의 손이 가늘게 떨렸다. 그는 흥분 상태에 있었고 일종의 희열을 느꼈다. 그는 메모한 내용을 다시 컴퓨터에 옮겨 파일로 만들었다.

＊　＊　＊

"뭐라고요? Ara가 나왔다고요?"

---

36) 아니마(Anima): 영혼, 생명. 여기서는 달의 기운을 수치화한 것으로 표현됐다.

"네. 나왔습니다."

의학박사이자 최병원 원장 최문삼은 송종문의 말을 듣고 크게 놀랐다.

"그런데 이 물질이 사람이 먹어도 되는지… 약으로 만들어질 수 있는 건지 알고 싶어요. 원장님! 혹시 제약회사 아는 데 있으신가요? 제약회사 연구소 같은 데서 정밀한 실험을 거쳐 안정성을 확보하고 임상시험을 달기에게 했으면 좋겠어요…."

송종문은 횡설수설하듯이 최원장에게 폰으로 얘기했다. 최원장이 말했다.

"제 죽마고우 한 명이 제약회사 사장입니다. 광금제약(光金製藥)이라고 들어 보셨지요? 거기 사장입니다. 제가 그 친구에게 얘기해 보겠습니다. 도와줄 거예요. 걱정 마세요."

"아…. 정말요? 감사합니다, 원장님. Ara가 수선화에서 나온 거라서 독성분이 함유됐을 것 같아요. 그게 좀 걱정되네요…."

송종문은 밑져야 본전이라는 생각으로 수선화에서 이독제독이 가능한 물질이 나오지는 않을까? 하는 심정으로 실험을 하다 뜻밖에 Ara가 나오자 흥분을 가라앉히질 못하고 있었고, 누구에겐가 이 사실을 말하지 않으면 미칠 것 같은 상태였다. 그는 최 원장에게 전화를 걸어 모든 사실을 말하고 도움을 청한 것이다.

　송종문은 바빴다. Ara를 발견한 뒤, 똑같은 실험을 다시 해보기를 거듭 반복하며 실험 자료를 정리했다. 실험 데이터가 자꾸 늘어났다. 분명한 건, 실험을 아무리 반복해도 수치가 210 아니마인 Ara가 나온다는 것이다. 그는 확신이 생겼다.

기통문

361

🌙

"안녕하세요? 시청자 여러분! 여기는 '세계 인공지능 바둑대회'가 열리고 있는 강원도 평창입니다. 간달프 목진돌 프로 구단과 함께 결승전 대국 진행을 맡은 홍미라 3단입니다."

"간달프? 그게 누구죠? 하하. 안녕하세요? 해설의 목진돌입니다."

"AI 바둑 프로그램은 세계적으로 뛰어난 제품들이 많이 있고, 매년 정기적으로 강원도 평창에서 열리는 강원도 세계 인공지능 바둑대회는 전세계적으로 백여 개 팀이 참가하는 가장 크고 권위 있는 대회입니다. 상금 규모도 엄청나죠…."

바둑TV에서 생중계되는 세계 인공지능 바둑대회 결승이었다. 한국의 361과 중국의 삼라만상과의 일대 결전이 펼쳐졌다.

대회를 취재하기 위해 모여든 세계 각처의 바둑 기자들은 오토액션(한국)의 돌사랑, EM(한국)의 361, 중국의 삼라만상(森羅萬象), 일본의 호시 v8, 영국의 오메가 고, 프랑스의 봉주르, 미국의 아메리칸 고 등이 치열한 각축을 벌일 것으로 예상했고, 6회 연속 대회를 제패한 중국의 삼라만상이 이번에도 무난히 이겨 대회를 7연패 할 것으로 내다봤다.

대회는 예선 라운드를 거쳐 본선 토너먼트가 열리며 결승에 오른 두 개 팀이 단판 승부로 우승을 다투는 방식으로 진행됐다. 대회는 7일간 벌어졌다.

중국은 가장 많은 20개 팀이 참가했다. 중국의 칭화대와 기력연(棋力硏)이 공동으로 개발한 AI 삼라만상은 A조에서 예상했던 대로 특유의 두터운 바둑으로 모든 상대를 꺾고 결승에 올랐다.

B조에서는 EM의 361이 그가 상대한 바둑 AI들을 모두 떡 주무르듯 박살을 내고 결승까지 파죽지세로 내달렸다.

묘하게도 여타의 바둑 AI는 차분한 집바둑으로 판을 이끌어 한두 집을 이기는 데 반해, 361은 대마[37](大馬)를 노리면서 두어 나가는 호쾌한 스타일의 바둑이었다. 대회 내내 361은 두는 족족 상대 대마를 모조리 잡아 버리는 괴력을 발휘했다.

*　*　*

목진돌 프로는 수집한 정보를 담은 태블릿을 꺼내 들고 얘기하기 시작했다.

---

37) 대마(大馬): 바둑에서, 많은 점으로 넓게 자리를 잡은 말.

"361은 EM 제품인데 작년에 16강에서 일본의 호시 v8에 덜미가 잡혀 탈락했었는데요. 올해 대회에선 발군의 실력으로 단숨에 결승까지 올랐습니다. 놀랍게도 모든 대국의 상대 대마를 모두 잡았습니다. 엄청난 돌풍의 주역입니다. 중국의 삼라만상은 세계에서 가장 강한 바둑 AI로 알려져 있습니다. 작년까지 무려 대회를 6연패 한 최강의 바둑 프로그램이죠…."

바야흐로 대국은 시작되었다. 361의 흑번이었다. 초반은 물 흐르듯 차분했고 평온했다. 두 AI는 서로 무리하지 않고 단단히 두어 나갔다. 목진돌 구단이 홍미라 프로에게 말을 걸었다.

"혹시 《기경》이란 책에 대해 알고 계신가요?"

"《기경》요? 처음 듣는데요…."

"네. 제가 361을 만든 EM의 바둑 부장에게 전해 들은 얘긴데요. 361은 《기경》이라는 조선 시대 바둑책을 토대로 만들어졌다고 합니다."

"아…. 그것 참 놀라운 얘기네요. 어떤 책인가요?"

"네. 조선시대에 기통문을 창시한 천원화라는 사람이 만든 책이라고 하더군요. 그분 얘기로는 기통문의 협조를 받아 《기경》이라는 책을 알고리즘에 구현해 봤다고 합니다. 참 흥미롭죠?"

두 진행자가 얘기꽃을 피우고 있는 동안 바둑은 점차 살벌해지고 있었다. 흑을 쥔 361은 이리저리 백돌을 끊어 가서 피할 수 없는 전투가 벌어졌다. 차분한 집바둑을 좋아하는 삼라만상이지만 전투에도 강미가 있어서 두 AI의 싸움에 반상은 피바람이 불었다. 홍미라 프로가 말했다.

"재미있게 되었군요. 둘 중의 하나는 대마가 죽을 것 같아요."

"네, 그렇습니다. 이제 타협이란 없을 것 같습니다."

마침내 361은 삼라만상의 백돌을 몰아 24개나 되는 돌을 잡아 버렸다. 대마를 잡은 것이다. 삼라만상은 더 이상 버티지 못하고 돌을 던졌다.

기통문

빅히트

C

20회째를 맞이하는 평창 대회에서 한국의 바둑 AI가 우승을 한 것은 361이 처음이었다. 그동안 평창 대회에서 영국, 중국의 제품들이 늘 우승권에 있었고, 10년 전부터는 중국의 독무대였다. 그래서 바둑계에서는 평창 대회를 없애자는 말까지 심심찮게 나오곤 했다. 우승도 못하면서 중국이나 영국의 들러리만 선다는 것이었다.

이러한 연유로 매스컴은 361이 이뤄 낸 쾌거를 중요하게 다루었다. 더군다나 361은 모든 대국에서 상대의 대마를 모조리 잡아 버려 통쾌한 승리를 거두었기 때문에 바둑에서 인공지능의 획기적 발전을 이뤄 낸 듯이 보였다.

공중파를 비롯한 다양한 채널에서 이 뉴스를 전했다. 특히 TBC 바둑 채널의 바둑 스튜디오라는 프로그램에서 평창 대회를 조명하며 361의 우승을 비중 있게 다뤘다.

"안녕하세요? 여기는 바둑 스튜디오입니다. 강원도 평창에서 소식을 전해 드립니다. EM 회사의 인공지능 361이 우승을 했다는 소식입니다. 지금 제 곁에 EM 회사의 바둑 부장님이 와 계신데요. 한번 몇 가지 이야기를 나눠 보겠습니다. 부장님 안녕하세요?"

"반갑습니다. 바둑 부장 변정입니다."

"이번에 361이라는 바둑 인공지능이 엄청난 실력으로 각국의 내로라하는 AI들을 모조리 꺾고 우승을 했습니다. 놀라운 것은 모든 대국에서 상대 대마를 잡은 것인데요. 361의 가공할 파괴력을 모두 놀라워하고 있습니다."

"네, 우리 알고리즘이 최근에 이번 대회를 목표로 업그레이드되었습니다. 기통문이라는 바둑 문파의 도움을 받아 새롭게 시스템을 구축한 것이 좋은 성적을 낸 이유 같습니다."

"그렇군요. 어떤 도움을 받으셨나요?"

"네. 기통문에서 대대로 내려오던 바둑 비급서인 《기경》이라는 책자를 받아 361 프로그램에 장착한 것인데요. 《기경》이라는 책이 이렇게 놀라운 결과를 만들어 낼 줄 사실 저희도 예상하지 못했습니다."

"꼭 무슨 무협지나 판타지를 보는 느낌입니다. 전설 속의 바둑책이 실재하고 있었고… 그것이 엄청난 실력을 실제로 보여 주었다는 것인데요…."

변정의 인터뷰는 길게 이어졌다.

* * *

평창 대회 우승을 계기로 EM은 대대적으로 361을 홍보하기 시작했다.

최강의 바둑 361이 여러분 바둑의 A부터 Z까지 모든 것을 최고의
비서처럼 돌봐 드립니다!

EM의 경쟁사 오토액션을 넘어설 수 있는 최적의 조건이었다.

바둑 팬들은 《기경》이라는 전설 속의 바둑 비급서가 존재하고 그걸 인
공지능 361 안에 구현했다는 이야기를 듣고는 큰 호기심을 가지고 361
을 구매하기 시작했다. 한번 매스컴을 타자 소문이 여기저기로 전해지고
361의 인기는 폭발적으로 늘어났다.

EM 회사는 평창 대회 후, 두 달 만에 시장 점유율이 50프로를 넘어섰
다. 경쟁사인 오토액션을 크게 누르고 날아오른 것이다.

바둑 팬들은 361의 서비스에 큰 매력을 느꼈다. 361 프로그램은 기풍
과 기력, 수읽기 등을 팬들에게 맞춤 서비스를 해 주어 마치 최고의 비서
를 가진 기분이 들게 했다. 팬들은 이를 통해 쉽게 바둑을 즐길 수 있게
되었다.

하지만 좋은 점만 있는 것은 아니었다. 팬들은 이제 361이 제시하는 길만을 따라가게 되었고 자신들의 고유한 바둑을 두지 않게 되었다.

바둑계의 뜻있는 사람들은 이를 걱정했다. 그들은 바둑 본래의 즐거움과 낭만, 매력이 사라지고 오직 승부에만 집중해져 가는 시대를 힘없이 바라보아야 했다. 쌍백도 그랬다. 그는 EM의 각본대로 꼭두각시가 되어가는 바둑계를 바라보며 절망했고 바둑으로 큰돈을 번 EM의 성공가도를 보며 괴로워했다.

슬프게도 바둑 팬들은 이제 예술적이고 미학적인, 치열하고 열정적인 바둑의 멋을 버렸고 오직 인공지능이 제시하는 승리를 위한 길만을 따라갔다.

사장 유간산은 번 돈의 상당량을 한국기원에 후원했다. 재정난을 겪고 있던 한국기원은 EM의 후원을 받아 기사회생했다. 이를 빌미로 EM은 한국기원에 영향력을 행사하기 시작했다.

투자금을 모으다

서울 서초구 강남대로에 위치한 드림플러스 강남 이벤트 홀. 두 개의 현수막이 걸려있었다. 하나는 'The Creation Of Mind'였고, 다른 하나는 'Mind creates reality. 一切唯心造'였다. 전자는 '마음의 창조'를 뜻하는 문구였고 후자는 '마음이 현실을 창조한다.'는 뜻으로 한자로는 일체유심조[38]였다. EM 회사의 마음의 창조 투자 유치회가 백여 명의 투자자들이 참석한 가운데 성황리에 개최되었다.

미국, 프랑스, 영국, 중국 등의 미래 인공지능에 대해 관심이 많은 투자회사들이 대거 참석했다. 특히 AI에 관한 한 세계 제일의 투자회사인 미국의 글로벌 나이스 인베스트먼트(GNI) 회사의 CEO인 존 그린이 참석했다. 또 굴지의 투자회사인 중국의 차이나 퓨처 인베스트의 딩하오 사장과 인도의 여성 CEO 아르야가 참석해 눈길을 끌었다.

유간산은 투자 설명회가 성황리에 열리자 한껏 고무됐다. 그는 사회자의 진행에 따라 개회사를 하기 시작했다.

"투자자 여러분 반갑습니다. EM 사장 유간산입니다. 세계는 끝없이 진

---

38) 일체유심조(一切唯心造): 모든 것은 오로지 마음이 지어내는 것임을 뜻하는 불교 용어.

보해 가고 있습니다. 특히 인공지능의 발달은 놀랍기만 합니다. 역사적으로 2016년 3월, 한국의 프로 바둑기사이며 최강의 기사였던 이세돌과 구글 딥마인드사의 바둑 인공지능 알파고(AlphaGo)가 역사적인 대결을 펼친 후로 인공지능은 획기적인 발전을 거듭해 왔습니다.

지금 우리는 새로운 도전에 직면해 있습니다. 자동차는 자율주행을 하고 선박은 노동자들이 아니라 로봇이 만들고 있습니다. 바로 인공지능에 의한 지성의 창조 시대입니다. 과거 변호사들이 하던 일을 인공지능이 대체했고, 교육계와 의료계에도 인공지능에 의한 혁신이 이루어졌습니다. 하지만 이에 만족할 수 없습니다. 우리는 더 나아가야 합니다…."

그는 투자자들에게 인간의 마음을 닮은 새로운 인공지능, 즉 마음의 창조 프로젝트를 성공시키기 위해 열성적으로 어필했다. 투자자들이 받은 자료에는 자사의 바둑 AI 361에 대한 자료가 비중 있게 다뤄져 있었는데 세계 최강으로 떠오른 361 바둑 프로그램이 바둑계에 어떠한 영향을 끼치고 있는지 자세히 설명되어 있었다.

*　*　*

오전 1부 시간이 끝나고 오찬이 주어졌다. 미국 GNI 회사의 CEO인 존 그린은 와인이 담긴 글라스를 손에 들고 한 모금 마셨다. 사장 유간산이 그에게 다가왔다.

"미스터 유! 마음의 창조가 무엇입니까?"

존 그린이 유간산을 보자 대뜸 물었다.

"존. 마음의 창조란 인간의 지성만으론 해결할 수 없는 수많은 난제를 풀어줄 겁니다. 우리의 미래는 거대 네트워크상의 이성적이고 안전한 그 무엇이 자유를 부여하고 또는 통제하는 마음이 자리하게 될 것입니다."

"미스터 유는 정말 놀랍고 무서운 생각을 하고 있어요. 인류의 모든 역사와 문화를 포괄하는 막대한 데이터를 핸들링하는 인공지능이라⋯."

"존! 이것은 저의 오랜 꿈이자 인류의 미래입니다. 우리 회사는 로봇 설계에서 독보적인 위치에 있고 또한 바둑에서 새로운 유형의 인공지능으로 바둑계를 하나로 모으고 있다고 생각해요."

중국의 큰손 딩하오가 인도의 아르야와 함께 지팡이를 짚고 절뚝이며 그들에게 다가왔다. 딩하오는 오른쪽 다리가 불편했고 무척 뚱뚱했다. 아르야가 유간산에게 물었다.

"정말로 실현이 가능한 얘기인가요? 마음의 창조 말이에요."

"아르야. 저는 가능하다고 확신해요. 마음의 창조는 정치 · 경제 · 국방 · 문화 등 인간 사회의 중요 부분을 AI로 통제하여 더욱 안전하게 더불어 사는 유토피아를 꿈꾸는 프로젝트입니다. 인공지능이 나는 누구인가? 나의 존재 의미는 무엇인가? 나는 어떤 삶을 살아야 하는가? 등을 스스로에게 질문하고 생각할 수 있는 자아를 가진 인격체로 존재한다면 인간 사회는 더욱 안전하고 풍요로워질 겁니다. 그 인공 인격체는 지구상 모든 이의 마음과 같아서 '어머니'라고 불리게 될 겁니다."

존과 아르야는 고개를 끄덕였다. 딩하오가 박수를 쳤다. 그리고는 활짝 웃는 얼굴로 유간산에게 말했다.

"유 사장! 우리 언제 한번 바둑 둡시다. 나도 바둑알 좀 만집니다. 하하하."

* * *

투자 유치회는 성황리에 끝났다. 존 그린을 포함한 다수의 투자자가 마음의 창조 프로젝트에 투자를 결심했고 막대한 돈이 EM 회사로 송금되었다. 유간산은 그 돈을 마음의 창조 프로젝트에 곧바로 쓰기 시작했다. 드디어 그의 어릴 적부터의 오랜 꿈이 현실화되기 시작했다.

뭉치다

월사리의 포리스트 호프집에 4인방이 한 테이블에 모여 앉았다. 송종문이 말했다.

"361이 요새 엄청 뜨더라고. 대박 났나 봐. 젠장."

구도가 말을 받았다.

"염병할 그 유간산 놈이 《기경》을 빼앗아 가는 바람에…. 하늘이 있긴 한 건가요?"

구도의 말을 들은 쌍백은 생맥주를 한껏 들이켰다. 다들 말이 없었다. 정적을 깨고 활귀가 말했다.

"요즘 바둑계가 EM 회사의 노리개가 된 듯해요. 바둑계가 EM에게 돈도 주고 명예도 주고…. 한국기원까지 EM의 눈치를 본다고 하던데요?"

활귀의 말에 또다시 정적이 흘렀다. 모두의 얼굴에 근심이 어렸다. 쌍백이 정적을 깼다.

"바둑계에 혁신이 필요해요. 이대로 가다가는 바둑계는 EM의 꼭두각시가 되어 인공지능 361의 노예가 되어 버릴 겁니다. 인공지능 이전의 낭만과 멋, 풍류가 있던 그때로 돌아가야 합니다. 지금 우리가 일어서지 않으면 안 됩니다."

구도가 말을 반았다.

"맞아! 그런데 호랑이 목에 누가 방울을 달지? 우리에게 이젠《기경》도 없어. EM이 가져갔다고…."

구도는 인공지능 바둑 예찬론자였지만 유간산이 활귀를 납치해 간 뒤로 마음이 180도 바뀌었다.

"제가 양부문의 남은 사람들과 연락이 닿고 있어요. 그들을 모을게요. 우리 자유를 열망하는 바둑인의 함성을 일으켜 봐요."

쌍백의 호기 있는 말에 다들 고무되었다. 냉철하고 사리분별이 정확한 송종문도 그의 말에 동의한다는 듯 고개를 끄덕였다. 잠시간의 침묵을 깨고 송종문이 결단을 내렸다.

"충청도 부여에 비류문이 있어. 정도(正道)를 걷는 바둑 정파의 도량으로 유명하지. 거기에 한번 가서 문주의 의견도 듣고 너의 주장도 해 봐. 어쩌면 큰 도움이 있을지도 몰라."

"네. 알겠습니다. 내일 당장 부여로 달려갈게요."

쌍백의 대답을 들은 송종문은 소주를 원샷했다. 그는 딱! 소리를 내며 소주잔을 바닥에 힘 있게 내려놓았다. 밤이 깊어 가고 있었다.

*　*　*

170여 년 전, 고대 백제의 건국에 큰 역할을 했던 비류(沸流)의 후예임을 자처했던 백승주(白承株)는 바둑에 대한 조예가 깊었다. 비록 크게 이름을 날리지는 못했지만, 바둑에 대한 사랑만큼은 조선 제일이었다. 그는 백제의 옛 도읍 부여에 비류문(沸流門)을 창건하고 바둑 정파의 큰 도량으로 발전시켰다.

"힘을 합쳐 EM의 음모를 막자고요?"

비류문 9대 문주 '옹달'은 접견실에서 쌍백의 말을 듣고는 크게 놀랐다. 그가 EM 사장 유간산이 바둑계를 이용하여 큰돈을 벌고 더 나아가 바둑계를 자신들의 수중에 넣어 노예처럼 만들려고 획책한다는 말을 한 것이다.

옹달의 옆에는 후계자 '고신'이 같이 앉아 있었다. 그는 호리호리한 몸답게 바둑도 날렵한 행마로 일세를 풍미하고 있는 알아주는 고수였다. 길게 째진 작은 눈매였는데 쌍백의 말에 눈이 갑자기 커졌다.

"그렇습니다. 문주님. 더 이상 방치하다가는 시기를 놓쳐 바둑계가 생명력을 잃고 EM의 꼭두각시가 될 겁니다."

힘 있게 말하는 쌍백의 눈이 빛났다. 잠시간의 정적을 깨며 옹달이 말했다.

"최근 들어 인공지능 361이 바둑계를 지배하기 시작한 것은 사실이죠. 하지만 그것이 바둑계를 집어삼키려는 EM의 숨은 모략이라는 얘기는 잘 믿기지 않네요."

"유간산은 양부문을 처음으로 다음은 기통문 그리고는 마지막으로 비류문을 노릴 겁니다. 기통문의 비급《기경》을 비열한 방법으로 탈취해 간 것도 그 놈입니다."

"탈취요? 그런 일이 있었나요?"

옹달은 갈수록 믿기지 않는 얘기가 나오자 정색을 하며 말했다. 그녀는 50을 넘긴 나이여서 말을 할 때나 놀랄 때 눈가에 여러 줄의 주름이 잡혔다. 얼굴은 동그란 편이었다. 이마가 넓었다. 그녀는 슬기롭다는 세상의 평을 듣고 있었고 지혜도 있는 바둑계의 거물이었다. 쌍백이《기경》이 어떻게 EM에게 가게 됐는지 자세히 설명하자 그녀와 옆에 있던 고신은 얼굴이 크게 일그러졌다.

　　　　　*　*　*

쌍백은 문주 옹달이 돕겠다고 해 주자 크게 고무되었다.

'비류문에 와 본 것은 참 잘한 일인 것 같다…. 비류 문주가 격려해 주고
힘을 북돋아 주니 용기가 생기는구나. 이참에 다른 선배님들도 몇몇 만
나 봐야겠다.'

그는 기쁨은 잠시 묻어 두고 곧바로 부여에서 고속버스를 타고 강원도
정선으로 향했다. 그곳은 재야 바둑계의 최고봉인 J가 활동하는 곳이었
다. 쌍백은 J를 설득했다. 그리곤 광주로 내달렸고 그 후엔 부산으로 달
려가 재야 바둑계의 원로들을 만나 도움을 청했다.

쌍백은 일사천리로 생각한 바를 진행시켰다. 그가 과거 양부문의 후계
자로서 여러 일에 관여하며 배운 것들이 스피드 있는 일 처리로 나타난
것이다.

'이제 마지막으로 남은 건 기통문이다.'

쌍백은 대구에서 양부문의 흩어졌던 바둑 가족들을 만나 뜻을 함께하
기로 한 후, KTX를 타고 서울로 향했다. 월하산으로 가기 위함이었다. 그
는 기통문에 가면 다시금 닉시를 만날 수 있겠다는 생각에 이르자 입가에
잔잔한 미소가 흘렀다.

닉시

🌙

"기통문은 두 번째 방문인데 정말 아름다운 곳이군요. 고풍스런 건물들하며 아름답고 작은 못도 있고 가을에 형형색색의 물이 든 것이 꼭 무릉도원 같습니다."

"하하하. 마음에 들면 여기 눌러앉아. 자리는 많으니까."

쌍백은 월광정에서 문주와 활귀와 함께 앉아 있었다. 문주의 말에 쌍백은 미소를 지었다. 활귀가 말했다.

"형. 정말 큰일을 했어요. 전국을 돌아다니며 뜻을 같이할 사람들을 모았네요."

이때 닉시가 차를 가지고 들어왔다. 매화차였다. 그녀가 차를 사람들 앞에서 준비하고 있는데 진호림이 말했다.

"우리도 힘껏 도울 테니 그 점은 걱정하지 말고. 다만… 우리가 유간산에게 선전포고를 할 텐데 그놈이 가만있을까?"

쌍백은 차를 준비하는 닉시의 손놀림을 쳐다보다가 문주의 걱정스러운 질문에 대답했다.

"그놈은 분명 수단 방법을 가리지 않고 훼방을 놓겠지요. 저희는 그래도 마지막 한 사람까지 싸워야 합니다."

쌍백의 호기 있는 말에 다들 고개를 끄덕였다. 닉시는 태연하게 쌍백 앞에 매화 찻잔을 놓았다. 쌍백은 닉시를 잠시 쳐다보았다. 닉시는 그걸 아는지 모르는지 예사롭게 활귀 쪽으로 갔다. 그녀는 아무 내색도 하지 않았지만 쌍백이 큰일을 도모하는 것을 알고 내심 그에게 더욱 매력을 느꼈다.

* * *

달기는 아주 어릴 때부터 SNS를 미치도록 사용했다. 그녀는 월하산 테두리 안에만 있어야 했기에 바깥 세계를 동경할 수밖에 없었고 세상이 돌아가는 이야기를 들려주는 SNS를 통해서 대리만족을 느끼곤 했다. 특히 3년 전, 닉시가 기통문에 들어온 후로 알게 된 핑아이(Ping I)란 소셜 네트워크 서비스는 달기에게 매우 재미있고 유익한 정보들을 제공했다. 핑아이는 5년 전부터 폭발적인 인기를 등에 업고 세계적으로 무한성장을 거듭하고 있는 미국의 SNS였다. 달기와 닉시는 핑아이 친구였다.

"뻐꾹 뻐꾹 뻐뻐꾹⋯."

달기의 핸드폰에서 알림이 울렸다. 핑아이에서 맺은 친구가 새 글을 올렸나 보다.

'홈… 누구지?'

달기가 핸드폰을 손에 집어 화면을 열었다. 닉시의 새 글이 올라왔다.

　이 사람 멋있다.

순간 달기는 그게 쌍백임을 금방 알아차렸다. 얼마 전, 닉시는 달기에게 구화문 앞에서 쌍백을 문주에게 데려다준 얘기를 했다. 그때 말하던 닉시의 눈에서 빛이 나는 걸 본 달기는 심상찮은 기운을 느꼈다. 지금 쌍백은 문주를 보러 왔고 닉시는 그 자리에 차 심부름을 하고 돌아올 시간이었다.

'음… 이것 봐라…. 설마 짝사랑…?'

달기는 장난기가 동했다. 그녀는 댓글을 달기 시작했다.

　7년 차이는 차이도 아니지!

그 순간 닉시의 핑아이 접속이 끊어졌다.

      *   *   *

  며칠 후, 달기와 닉시는 팔선전 대회실에서 바둑을 두었다. 그녀들은 종종 수담[39](手談)을 나누곤 했는데 닉시는 달기를 이겨 본 적이 없다. 달기는 여자 제자 중에서 최상위권으로, 닉시보다 한 수 위의 기량을 가지고 있었다.

  기통 문하생들은 매년 필수적으로 챌린지 리그와 프리미어 리그에서 기량을 쌓아 나가게 되어 있다. 챌린지 리그는 2부 리그 성격으로 기력이 약한 문하생들이 기량을 뽐내는 곳이었고, 프리미어 리그는 1부 리그로서 최상위권 선수들을 위한 리그였다. 달기와 닉시는 프리미어 리그에 소속되어 있었다. 그녀들은 1부 리그에 소속된 몇 안 되는 여제자에 속했다.

  달기는 최근 리그에서 성적이 아주 안 좋아 한 판만 더 지면 2부 리그인 챌린지 리그로 강등되게 되어 있었다. 여유가 있는 닉시와는 달리 달기는 배수진을 친 채 닉시와 결전을 벌였다.

  달기는 두터운 바둑을 구사하여 후반전에 벌어질 전투를 미리 준비하는 바둑임에 반해, 닉시는 바둑이 발 빠르고 실리에 민감했다. 발이 빠르면 필연적으로 돌이 엷어지는데 엷은 돌들을 깊은 수읽기로 수습해 나가는 것이 중요했다.

---

39) 수담(手談): 서로 상대하여 말이 없이도 의사가 통한다는 뜻으로, 바둑 또는 바둑 두는 일을 이르는 말.

오늘도 달기는 바둑을 두텁게 두텁게 두고 있었다. 닉시는 엷거나 말거나 실리에 민감했다. 드디어 클라이맥스, 승부처가 다다랐다. 이미 집으로는 흑을 쥔 닉시의 실리를 당해 낼 수 없게 된 달기의 백돌들이 닉시의 대마를 포위했다.

달기는 신중했다. 이 판을 지면 강등이다. 반드시 잡아야 하는 경기였다. 그녀는 천라지망40)(天羅地網)을 펼친 채, 닉시의 대마를 잡으러 갔다. 하지만 운명의 장난일까? 승리의 여신은 닉시의 손을 들어 주었다. 닉시의 대마는 교묘하게 포위망을 뚫고 나와 버렸고, 더 이상 대마를 잡을 수 없게 된 달기는 고개를 숙이며 패배를 선언했다. 닉시의 승리였다.

달기는 얼굴이 빨개졌다.

'아… 강등이라니….'

닉시는 미안했다. 하지만 일부러 져 줄 수는 없다. 그녀는 패자의 쓰라린 고통을 잘 알고 있었다. 어떤 말로도 위로해 줄 수 없는…. 두 사람은 바둑판을 서로 바라보며 그렇게 오래도록 침묵 속에 앉아 있었다.

---

40) 천라지망(天羅地網): 하늘에 새 그물, 땅에 고기 그물이라는 뜻으로, 아무리 하여도 벗어나기 어려운 경계망을 이르는 말.

　　　　　＊　　＊　　＊

　송종문은 쌍백의 요청에 따라 선언서를 썼다. 쌍백은 작성된 선언서를
이메일로 비류문과 기통문, 재야의 인사들에게 보냈다. 모두가 한마음이
되었다. 그들은 11월 중순의 어느 날, 서울 서대문구에 있는 독립문 앞에
서 모여 선언서를 낭독하며 자신들의 뜻을 만천하에 알리기로 했다.

　쌍백은 그날 집회를 열 것을 관할 경찰서장에게 신고하고, 여러 신문사
와 방송 채널에 미리 알려 기자들이 취재할 수 있게 했다. 집회의 명칭은
'자유를 열망하는 바둑인의 함성'이었고 참가 인원은 백여 명이었다.

독립문에 모이다

🌙

겨울이 다가오고 있는 11월 중순, 가로수들이 옷을 벗듯이 낙엽을 수북이 털어 내고 있었고 이날따라 유독 세찬 바람은 그것들을 동서남북으로 이리저리 뒹굴게 했다.

토요일의 이른 아침부터 서울 서대문구에 있는 독립문[41] 주위는 많은 사람으로 북적였다. 그들은 오전 10시에 있을 바둑인의 집회에 나온 사람들이었다. 집회에 참여한 백여 명의 바둑인과 이를 취재하러 온 기자들, 카메라맨, 촬영기사, 아나운서 등이 곧 시작될 집회에 대비해 장비들을 점검했다. 사람들이 플래카드를 설치했다. 플래카드에는 '자유를 열망하는 바둑인의 함성'이라고 적혀 있었다.

닉시는 집회 동영상을 찍기 위해 스탠드를 설치하고 이리저리 위치를 조정했다. 쌍백이 다가와 말을 건넸다.

"닉시. 좀 춥지 않아?"

---

41) 독립문: 높이 14미터, 너비 11미터의 크기로 프랑스 파리의 개선문을 모방하여 1896년에 만든 대한제국기 문. 서울 서대문구에 있다.

"아. 약간 쌀쌀하네요. 그래도 견딜 만해요. 가을도 다 가려나 봐요."

"응. 조금만 더 지나면 겨울이 성큼 올 거 같아. 이 동영상은 나튜브에 올릴 건가?"

나튜브는 세계적으로 유명한 동영상 업로드 플랫폼이다.

"네. 제가 이래 봬도 꽤 인기 있는 바둑 BJ예요."

닉시가 활짝 웃으며 말하고 있을 때, 활귀가 다가와 말했다.

"형님. 프로 기사도 와 있네요?"

"응. 이번에 입단한 친구들인데 내가 안면이 있어서 집회에 참석해 달라고 부탁했지. 다들 참석해 줬네."

집회에는 비류문과 기통문에서 각 문파별로 30명씩 참여했다. 양부문의 몰락으로 흩어졌던 사람들도 20여 명이 참가했다. 재야 바둑계의 뜻 있는 인사들도 여럿 참여했는데 그중에는 강원도 정선에서 온 J도 있었다. J는 재야 바둑인 중에서 크게 이름을 떨치고 있는 거목이었다.

놀랍게도 프로 기사도 참가했다. 세 명의 프로들은 이제 갓 입단한 초단으로 친분이 있던 쌍백의 권유로 용기를 내어 집회에 참여했다.

드디어 10시, 비류 문주 옹달은 대표로 앞에 나서서 준비한 선언서를 꺼냈다. 백여 명의 참가자들은 바로 뒤에서 오와 열을 맞춘 채 부채꼴 형식으로 서 있었는데 맨 앞줄의 사람들은 여러 문구의 피켓을 들고 있었다.

피켓에는 '인공 OUT!', '사형 AI!' 등이 적혀 있었다. 옹달은 힘 있게 선언서를 낭독하기 시작했다. 선언서의 내용은 이러했다.

선언서

우리는 오늘 바둑이 인공지능으로부터 독립했음을 선언한다. 우리는 바둑이 자유 속에서 발전해 나갈 권리를 영원히 누릴 것이다.

이것은 수천 년 동안 내려온 우리 문화의 힘이며, 오백만 바둑인의 정성이다. 우리는 인공지능에 의해 왜곡된 바둑을 바로잡으려고 한다. 이것은 바둑이 숨 쉬고자 하는 이상향을 향해 외치는 우리의 함성이다.

인공지능에 의한 패러다임의 변화는 바둑을 인공지능의 노예로 만들었다. 바둑 역사상 처음으로 우리 스스로 생각할 권리를 빼앗겼고, 정신을 발달시킬 기회가 가로막혔다.

지금 인공지능 바둑은 우리의 개성을 말살시키고 창의력과 모험 정신을 포기하게 했다. 인공지능은 우리에게 항상 좋은 제안과 답안을 내주지만 이는 실상 승부에만 집착한 개성 없는 것이다…

(중략)

…. 그래서 우리는 떨쳐 일어나는 것이다. 우리 모두 음습하고 어두운 그늘에서 뛰쳐나와 새로운 바둑 풍토를 일구어 내자!

* * *

선언서를 낭독한 웅달은 표현하기 어려운 벅찬 감동을 느꼈다. 뒤이어 쌍백이 집회 참가자들 왼쪽 끝에서 마이크를 잡았다. 참가자들은 그의 선창으로 구호를 외치기 시작했다.

"과거의 살아 있는 바둑으로 돌아가자!!!"

그들의 목소리엔 힘이 있었다. 닉시는 이 모든 장면을 영상으로 촬영했다. 백여 명이 내는 힘찬 구호 소리 때문에 구경꾼들이 삼삼오오 몰려들기 시작했다.

"인공지능 바둑에서 탈피하여 자유를 되찾자!!!"

"EM은 바둑계를 집어삼키려는 만행을 즉각 중단하라!!!"

모두가 한마음이었다. 취재기자들은 촬영과 더불어 카메라 플래시를 연신 터트렸다. 공중파 3사와 바둑 채널인 TBC 등 여러 채널 아나운서들이 마이크를 옹달에게 내밀었다. TBC 아나운서가 먼저 질문을 던졌다.

"인공지능 바둑은 생각의 지평을 넓혀 주는 등 바둑인에게 새로운 기회를 제공한 것으로 아는데요. 바둑인이 AI로부터의 자유를 외치게 된 이유는 무엇인가요?"

"우리는 인공지능이 정답이 아니라는 것을 말하고 싶었어요. 획일화되고 정형화된 인공지능의 수법에 바둑인이 길들여지고 있습니다. 우리는 그걸 경계하고 있습니다."

차분하고 당당히 말하는 옹달에게 공중파의 STS 취재기자가 이어서 질문을 던졌다.

"EM은 361로 바둑계에 센세이션을 일으킨 회사인데요. EM의 만행은 무엇인가요?"

"그건 차차 아시게 될 겁니다. EM은 바둑계를 이용하여 큰돈을 벌 목적으로 바둑계를 교란하고 있습니다."

인터뷰 동안 집회 참가자들이 구호를 외치는 함성이 독립문을 메아리치며 울렸다.

그날 밤, 매스컴은 집회 내용을 방송에 내보냈다. 독립문 바둑 선언을 기폭제로 하여 인공지능으로부터의 자유를 갈망하는 바둑인의 열망이 드디어 폭발했다.

* * *

"끄응…. 변 부장! 주동자가 누구지? 비류문 수장인가? 그 옹달이라는 미친년 말이야."

유간산은 EM 17층 회의실에서 창밖을 내다보며 말했다. 그의 목소리는 흥분을 감추지 못하고 있었다. 변정이 대답했다.

"아닙니다, 사장님. 저희 정보로는 쌍백이 주동자입니다. 양부문의 후계자였고 나이는 27살입니다."

잔뜩 찡그린 유간산의 얼굴이 더욱 일그러졌다. 기획실장 허달회가 옆에서 불을 질렀다.

"사장님. 집회에 프로 기사 세 명도 참여했다고 합니다."

"뭣이? 프로 기사까지 집회에 참여했다고??"

유간산은 프로 기사 얘기가 나오자 기가 막혔다. 기획실장이 어쩔 줄 몰라 하며 대답했다.

"네, 사장님. 초단 세 명이 집회에 참여했고, 집회내용이 매스컴을 통해 알려지자 점점 이슈화되는 것 같습니다….."

유간산의 눈꼬리가 매섭게 치켜 올라갔다. 무거운 침묵이 흘렀다. 그는 뭔가를 생각하고 있었다. 마침내 그는 결단을 내렸다.

"변 부장! 반박문을 작성해서 일간지에 싣고 매스컴에 알리도록 해! 그리고 허 실장! 한국기원에 얘기해서 프로 기사 세 명에 대해 징계를 내려 달라고 해!"

"네! 알겠습니다!"

변정과 허달회는 대답을 마치고 바로 회의실을 빠져 나갔다.

*   *   *

10층의 바둑 부서로 내려가기 위해 엘리베이터 버튼을 누르던 변정의 뒤에서 기획실장 허달회가 잔뜩 찌푸린 얼굴로 말했다.

"변 부장!"

"네. 실장님."

"어떻게 된 거야? 기통문에 자네 사람 없어? 정보통 말이야, 정보통!!"

변정은 허달회의 거친 말투와 사나운 인상을 보고는 대답을 못하고 우물쭈물거렸다. 기획실장이 이렇게 자신을 대놓고 윽박지르는 것은 그와 알고 지낸 후로 처음 있는 일이었다.

"정신 똑바로 차려! 부장자리 거저 준 줄 알아? 백여 명이 데모를 할 때까지 우리가 전혀 몰랐다는 게 말이 되냐구!"

띵 소리가 나며 엘리베이터 문이 열렸지만 변정은 타질 못하고 있었다.

"죄송합니다. 실장님."

변정은 고개를 굽히며 사죄했다. 허달회는 혀를 끌끌 차고는 저 혼자 승강기에 탄 후 변정을 남겨 두고 내려갔다.

젊음의 샘

🌙

바둑인의 독립문 집회는 일주일간 계속됐다. 그동안 바둑계를 주름잡게 된 인공지능 361을 부수는 퍼포먼스, 유명 가수의 콘서트 등 이벤트가 있었다. 나튜브라는 동영상 사이트에서는 바둑에 관한 동영상을 올리는 BJ들이 토크쇼를 만들어 이 선언 사건을 관심 있게 다뤘다.

변정은 반박문을 매스컴과 신문에 게재했다. 반박문은 EM의 인공지능 바둑은 안전하며 바둑인의 실력을 향상시키는 등 매우 유익한 것이지, 자유를 해치는 것이 아님을 강조하는 내용이었다.

또한 한국기원은 급한 불을 끄기 위해 선언에 참가한 3명의 젊은 프로를 징계위원회에 회부, 소속 기사 내규를 위반한 점을 들어 자격정지 1년이라는 징계 처분을 내렸다. EM으로부터 막대한 후원금을 받기 시작한 한국기원으로서는 불가피한 조치였다.

그런데 한국기원이 세 명의 프로에게 철퇴를 내리자, 독립문 바둑 선언은 바둑계뿐만 아니라 일반 대중들 사이에서도 뉴스가 되어 사회적 반향을 불러일으켰다.

일주일간의 집회가 성공리에 끝나자, 쌍백은 닉시와 함께 유명한 포털 사이트 슈팅스타에 '젊음의 샘[42]'이라는 카페[43]를 개설했다.

젊음의 샘은 독립문에서 선언서를 낭독하며 바둑인의 자유를 외치던 사람들의 뜻을 이어받아 운동을 계속해 나갔다.

쌍백은 카페 매니저, 닉시는 카페 스텝이 되어 젊음의 샘을 가꿔나갔다. 두 사람은 함께 카페를 운영하며 점점 더 가까워졌다. 카페는 개설한 후로 급속도로 성장해 나갔다. 금새 가입자 수가 오만 명을 넘어섰다.

다사다난했던 한 해가 그렇게 끝나가고 있었다.

---

42) 젊음의 샘(Fountain of Youth): 젊음의 샘은 샘물을 마시거나 물에 몸을 담근 이들의 젊음을 되찾아 준다고 하는 전설 속의 샘이다. 스페인 탐험가 폰세 데 레온은 1513년 플로리다를 갔을 때, 젊음의 샘을 찾고 있던 중이었다고 한다.

43) 카페: 커뮤니티형 소셜 네트워크 서비스. 카페 주인을 '매니저'라고 부른다.

6장

프로가 되다

프로가 되다

이듬해 4월. 만물이 소생하고 겨울 동안 차갑게 얼어붙었던 대지를 뚫고 생명력 있는 들풀들이 나오는 봄이 왔다. 사람들은 두꺼운 외투 대신 가벼운 잠바를 입고 기지개를 켜며 겨우내 웅크렸던 몸을 풀며 봄의 기운을 만끽했다.

세계적으로 크고 작은 바둑 대회가 많았지만 메이저 세계 대회는 총 5개였다. 4월에 열리는 지존배(한국), 6월에 열리는 국수배(한국)과 가을에 열리는 9월의 국화배(중국), 10월의 세계 바둑 랭킹전(세계바둑연맹, 미국) 그리고 격년제로 열리는 11월의 호시고 오픈 토너먼트(일본)였다.

서울 북쪽 의정부에는 지하 1층 지상 4층, 연 면적 1만m²에 대국장, 방송시설, 전시장 등이 들어선 바둑의 메카 한국기원이 있다. 여기서 40회째를 맞이하는 지존배 세계 바둑대회가 치러졌다.

지존배(至尊盃)는 한국의 톱 신문사인 달빛일보와 한국기원이 공동으로 주최하며 주식회사 동해 보험이 후원하는 세계 대회였다. 시합 방식은 아마추어도 참가가 가능한 예선전을 거쳐 본선에서 64강전부터 토너먼트로 대결을 펼치며, 결승 단판 승부로 자웅을 가렸다.

기통문

이 대회는 가장 많은 상금이 걸려 있는 대회였고, 가장 오래된 바둑대회로 여타 대회보다 권위가 높았다. 대회에 출전하는 기사들뿐만 아니라 일반 바둑 팬에게 가장 인기가 많은 대회였다. 대회 기간 20일 동안 시합이 치러지는 의정부 한국기원 일대는 바둑인의 한바탕 축제의 장이 되었다.

* * *

"와, 이 친구 대단한데? 여길 이단 젖히네?"

활귀는 상대인 미국의 마이클의 모양을 무너뜨리기 위해 돌 소리도 드높게 이단을 젖혔다. 마이클의 얼굴이 점차 울그락불그락해졌다. 흥분한 것이다. 5분쯤 지났을까? 마침내 답이 없다는 듯이 그는 활귀의 흑돌을 울며 겨자 먹기로 끊어 갔다. 그 순간 활귀의 승률이 95퍼센트로 뛰었다.

여기는 지존배 64강전 대국을 검토하는 검토실. 각국의 프로들과 기자들, 카메라맨들이 들락날락하며 북적거렸다.

목진돌 구단은 이번 지존배의 한국 국가대표 감독이었다. 그는 예선 라운드를 파죽지세로 5연승, 본선 티켓을 딴 활귀란 인물의 본선 64강전 대국을 검토하는 중이었다. 목구단의 옆에서 월간바둑 기자 정아름이 물었다.

"꽤 잘 두나요?"

"응. 대단한걸."

"저도 바둑 내용이 나빠 보이지 않아요. 뭐랄까…. 호탕하다고 할까요? 뺀질이는 아닌 것 같아요. 감독님! 아마추어가 본선에서도 이기면 이거 정말 빅뉴스인데요?"

"그러게…. 뭐랄까 이 친구 바둑에서 일류의 고수의 냄새가 풍겨…."

"그 정도예요? 음…."

마이클은 더 이상 버티질 못하고 돌을 던졌다. 활귀가 또 대마를 잡고 32강전에 진출한 것이다. 활귀가 세상에 나오는 순간이었다.

한국기원은 목진돌 감독의 요청을 받아들여 활귀가 4강까지 오르면 프로 기사 자격을 주겠다고 발표했다. 이때부터 활귀는 바둑 팬들의 엄청난 기대를 한 몸에 받았다.

* * *

놀랍게도 활귀는 결승까지 내달렸다. 그는 천하무적이었다. 상대의 대마를 모조리 때려잡고 결승에 올랐다. 그는 국가적으로 큰 센세이션을 불러일으켰다. 사람들은

"이번에도 또 이겼어? 정말 대단하다."

하며 활귀의 놀라운 행보를 촉각을 곤두세우며 응원했다. 결승 상대는 중국의 수호신인 25살의 '구리오'였다. 그는 세계 랭킹 1위의 초일류 기사였다.

구리오는 현재 세계에서 인공지능과의 일치율이 가장 높은 기사로 알려져 있다. 이는 인공지능이 두는 수를 그도 거의 똑같이 둔다는 뜻이었다. 흑을 쥔 그는 중국식 포석을 펼친 뒤, 점차 중앙으로 흘러나오는 두터운 바둑을 구사했다. 허점이 없었다.

이에 반해 활귀는 기통문이 올곧이 추구하는 예술적이고 미학적인 수들을 두었다.

흑이 중앙을 차지하기 위해 강하게 나오자 활귀는 이리저리 흑돌의 연결을 위협했다. 마침내 흑과 백은 서로 물러설 수 없는 외나무다리 위에서 만났다. 중앙에서 큰 싸움이 붙은 것이다.

힘과 힘이 붙었다. 타협이란 없었다. 활귀는 《기경》의 네 번째 두루마리 '공세 편[44](攻勢 篇)'에 나오는 팔비세(八臂勢)의 수법으로 적을 세차게 몰아붙였다. 마치 팔이 8개 달린 천신(天神)같이 그의 공격은 무시무시했고 마침내 구리오의 20개의 흑돌이 잡혀 버렸다.

---

44) 공세(攻勢): 공격하는 태세. 또는 그런 세력.

활귀의 통쾌한 승리였다.

한국 바둑계는 아니 세계 바둑계는 난리가 났다. 아마추어가 세계 대회에서 우승한 건 바둑 역사상 처음 있는 일이었기 때문이다. 한국기원은 곧바로 활귀를 초단으로 임명했다. 활귀가 프로가 된 것이다.

책임감

활귀는 대회가 끝난 뒤, 곧바로 망망기원으로 달려왔다. 달기가 망망기원에 온다는 소리를 들은 것이다.

그는 대국실 맨 앞쪽에 있는 원형 테이블에 쌍백과 구도와 함께 앉아 있었다. 테이블 옆쪽으로 텔레비전이 있었는데 구도는 볼만한 케이블 채널을 찾기 위해 리모컨을 이리저리 돌려보았다. 쌍백은 어떤 오래된 고서적을 이리저리 들춰 보는 중이었다. 활귀가 물었다.

"형, 그 책은 뭐야?"

"웅, 이거? 본원 서재에 있던 거 가지고 온 거야."

"본원?"

"양부문 대구 본원 말이야."

"아…."

"내가 제일 좋아하던 책이야. 본원이 넘어갈 때 챙겼었지."

"무슨 책인데요?"

"하하. 바둑책이지 뭐야. 《비상명》이란 책인데 내용이 심오해. 언제 기회가 되면 너도 읽어 봐."

책을 덮은 쌍백은 의자를 돌려 활귀와 마주 봤다. 자상한 형처럼 부드러운 눈으로 활귀를 바라보며 말했다.

"활귀. 이제 넌 프로야. 책임감이 있어야 해."

"책임감요?"

"그래. 이젠 프로가 됐으니 앞으로 많은 대국을 하게 될 거야. 특히 세계 대회는 엄청난 경기지. 나라를 대표해서 다른 나라 프로들과 자웅을 겨루는 거야. 우리는 지금 사악한 유간산을 무너뜨리려고 하지만 그것보다 더 중요한 게 있어."

활귀는 쌍백의 충고에 사뭇 긴장했다.

"바로 인공지능과의 공존을 이끌어 가고 새로운 길을 바둑인에게 제시해야 해."

"형님. 젊음의 샘은 형님이 이끌어 가시잖아요."

"맞아. 카페는 내가 운영하지. 하지만 우리의 사명을 이루는데 한가운데 있는 인물은 너야. 그 점을 명심해!"

"제가요?"

"그래. 넌《기경》을 익힌 유일한 사람이야!"

활귀는 그 말에 정신이 번쩍 들었다. 그렇다. 그는 기통문의 전설 한가운데 있었다. 기통문을 빛내고 새로운 시대에 발맞춰 바둑의 길을 제시해야 하는 책무가 있었다. 그는 무거운 책임감을 느꼈다. 두려웠다. 내가 잘할 수 있을까?

"용감하게 너의 길을 가. 네가 어딜 가든 우리는 뒤따를 테니. 그리고 다시금 정말 축하해. 지존배를 우승하다니…. 이건《기경》때문만은 아니야. 네가 잘 둔 거지."

쌍백의 말에 활귀가 멋쩍은 웃음을 지었다. 구도가 옆에서 한마디 덧붙였다.

"활귀.《기경》을 되찾아.《기경》은 네 거야!"

활귀는 힘 있게 고개를 끄덕였다. 이때 기원문이 열리며 송종문과 달기가 함께 들어왔다. 활귀가 의자에서 일어나며 달기를 반갑게 맞이했다.

"왔어?"

달기는 조금 피로해 보였다. 아무래도 월하산을 떠나온 때문이다. 그래도 그녀는 밝게 웃었다. 달기가 장난기 어린 얼굴로 말했다.

"프로 맞아?"

"하하. 맞거든? 크크."

아라환

달기는 망망기원이 처음이었다. 임상시험을 위해 산에서 내려온 것이다. 달기의 안색은 좋지 않았다. 벌써 달의 기운을 받지 못해 몸이 반응하는 것이다.

최병원 원장 최문선은 죽마고우인 광금제약 사장 이광금에게 회사 연구소에서 송종문이 발견한 Ara를 실제로 사람이 복용할 수 있도록 연구개발해 달라고 부탁했다. 사장은 흔쾌히 수락했고 광금제약 연구팀은 송종문의 연구자료 일체를 넘겨받아 Ara를 작고 둥근 알약으로 만들었다. 독성을 제거하고 사람이 먹을 수 있도록 했다.

근 일 년 만에 '아라환'이 만들어진 것이다. 이제는 달기가 아라환을 먹고 월하산을 떠나서도 생활할 수 있는지를 테스트하는 임상시험만이 남았다.

송종문이 아라환 한 알을 달기에게 주었다. 활귀가 물을 가지고 왔다. 달기는 그것을 삼켰다.

"꿀꺽."

모두가 긴장했다. 한 시간이 지나자 달기의 상태는 처음에 왔을 때보다 훨씬 좋아졌다. 송종문이 음양 계측기를 실험실에서 가지고 왔다. 달기의 손을 계측기에 연결하고 몸이 몇 아니마(Anima)를 유지하고 있는지 보았다.

"아! 210이야! 하하. 성공인 것 같아!!!"

송종문이 뛸 듯이 기뻐했다. 긴장한 채로 있던 모두는 얼굴색이 펴졌다. 달기는 하루 종일 기원에 있으면서 한 시간마다 아니마의 수치를 쟀다. 임상시험은 대성공이었다. 계측기는 달기를 잴 때마다 정확히 210 아니마를 표시했다.

달기는 이제 월하산 밖에서도 생활할 수 있게 되었다. 아라환 한 알은 24시간 동안 약효가 유지됐다. 광금제약 연구소에서는 아라환을 40kg 정도 만들었는데 이는 달기가 거의 전 생애를 쓸 수 있는 양이었다.

송종문은 그의 사랑 아라가 고마웠다. 그녀가 꿈속에서 수선화 밭으로 인도해 준 덕분에 수선화를 연구할 수 있었고, 결국 아라환이 만들어졌기 때문이다. 그는 달기의 태생의 저주가 풀린 것 같아 너무나 기뻤다. 그에게는 이제 아무 소원도 없었다. 그동안의 고생이 하나도 아깝지 않았다.

기통문

죽도에 가다

🌙

일주일 후, 송종문과 달기는 김포 공항에서 울릉도 공항으로 가는 12인 승 드론 비행기를 탔다. 달기의 어머니이자 송종문의 사랑이었던 아라를 만났던 섬, 죽도에 가기 위해서였다. 죽도에 간다고 아라가 있을 리는 만무했다. 하지만 송종문은 달기에게 그곳을 보여 주고 싶었다.

비행기는 무척 빠르게 목적지로 날아갔다. 송종문은 차창 밖을 바라보고 있는 달기에게 말을 걸었다.

"달기야."

"네?"

"활귀가 프로가 됐네. 훗날 기통문을 이끌 후계자이기도 하고. 어떻게 생각해?"

"뭘 어떻게 생각해요?"

달기가 송종문을 빤히 쳐다보며 되물었다.

"남자로서 말이야."

그제야 달기가 알았다는 듯이 대답했다.

"활귀가 전 좋아요. 어릴 적부터 오누이처럼 붙어 지냈는데 정도 많이 들고 저번엔 제가 죽을 뻔했는데 활귀가 구해 주었잖아요."

"그래. 나도 그동안 활귀가 영 성에 안 찼는데 요즈음엔 훌륭하게 자라는 모습에 감동 먹고 있다, 야."

달기가 송종문의 말에 얼굴이 활짝 퍼졌다. 기쁨을 내비치며 말했다.

"아빠. 우리는 행복할 거예요. 히히"

송종문도 웃었다.

비행기가 울릉도 공항에 도착했다. 오후 5시경이었다. 그들은 곧바로 죽도에 갔다. 해가 지고 있었다. 저 멀리 수평선에 걸쳐 있는 이글거리는 붉은 태양을 그들은 함께 바라보았다. 송종문은 아라가 그리웠다. 달기도 자신이 태어난 곳, 죽도의 황홀한 해넘이를 보며 어머니를 생각했다. 보고 싶었다.

그들은 그렇게 해가 시야에서 사라질 때까지 함께 서 있었다.

기통문

미술관

어느 일요일에 활귀와 달기, 쌍백과 닉시 네 명은 월사리에 있는 월하 미술관에 갔다. 월하 미술관은 국가가 운영하는 것으로 사거리에서 동쪽으로 버스를 타고 두 정거장 거리였다. 달기가 월사리를 구경하고 싶다고 했던 것이 발단이 되어 네 사람이 뭉친 것이다.

미술관에는 전시회가 열리고 있었는데 '동·서양의 만남'이란 플래카드가 보였다.

그들은 전시회에 들어가 처음 보이는 수묵산수화 하나를 보았다. 산과 절벽, 계곡이 검은 수묵으로 그려져 있었는데 나머지 여백은 온통 하얗게 비워졌다. 활귀가 자리를 떼지 못하고 그림을 뚫어지게 보고 있자 달기는 그 모습이 좀 의아스럽다는 듯이 조용한 말투로 그에게 말했다.

"감동 먹었나 봐?"

그때서야 활귀가 잠에서 깬 듯 달기를 바라보았다. 그리곤 나지막이 그녀에게 말했다.

"난 말이지…. 이 여백이 좋아."

"흰 바탕 말이야?"

"응. 뭐랄까. 내 인생에도 이런 여백이 있었으면 좋겠어…."

뭔가 깊은 철학이 담긴 듯한 활귀의 말에 나머지 세 사람은 갑자기 뒤통수를 얻어맞은 듯, 할 말을 잃었다.

좀 더 걸어가자 이번엔 '살바도로 달리[45]'를 연상케 하는 초현실주의 작품이 있었다. 제목은 〈추억의 파편〉이었다. 기괴한 시계들과 흐물거리고 흐느적거리는 산과 물, 사람들이 그려진 작품이었다. 쌍백은 그 그림을 좋아했다. 닉시와 함께 작은 소리로 작품에 대해 서로 얘기하며 시간 가는 줄 몰라 했다.

그들은 한 시간 남짓 미술관을 둘러보고는 포리스트 주점으로 갔다. 맥주를 한잔하려는 것이다.

달기는 모든 것이 신기했다. SNS나 인터넷으로만 보던 도시의 모습들에 자신이 들어와 있다는 것에 큰 기쁨을 느꼈다. 그녀는 미술관에 갈 때부터 포리스트 호프집에서 술을 먹을 때까지 얼굴에 '나 기뻐!'하고 써 놓고 다녔다. 달기가 좋아하니 활귀도 덩달아 기분이 좋았다.

---

45) 살바도로 달리: 무의식을 탐구한 초현실주의 화가. 스페인. 20세기 미술에 큰 족적을 남겼다. 주요 작품으로는 〈기억의 지속〉 등이 있다.

국비수

🌙

변정이 사장실을 나가자 유간산은 의자 등받이에 머리를 푹 기대고는 천장을 응시했다. 그는 멍하니 천장을 바라보다가 무심코 중얼거렸다.

"끄응…. 꽤 어렵군. 기통문은…."

그에게는 2차 투자 유치회가 필요했다. 하지만 일이 뜻대로 되지 않았다. 바둑계가 생각처럼 쉽게 손아귀에 잡히지 않았다.

그에게 있어 바둑계는 마음의 창조 프로젝트를 궁극적으로 이룰 수 있는지를 시험하는 중요한 장이었다. 바둑인이 AI에 온전히 종속되는 것, 그것이 그의 꿈을 이룰 수 있는가 하는 중요한 샘플이 될 것이었다.

'둘이 애인 사이인가 보군….'

방금 전, 변정은 기통문의 동태에 대해 보고를 하고 나갔다. 그의 말에 의하면 달기와 활귀는 연인 사이였다. 그는 담배를 하나 꺼내 물었다. 담배 연기가 아지랑이처럼 피어올랐다. 문득 그에게 음흉한 생각이 떠올랐다.

'맞아. 그년은 초능력이 있다. 우리 보안 시스템을 박살 내지 않았던가? 그년의 손발을 묶어 버리면 활귀가 곤란해지겠지?'

그는 씨익 웃었다. 입꼬리가 치켜 올라갔다. 그는 악행을 일삼아 얼굴이 악마처럼 서서히 변해 가고 있었다. 마치 스티븐슨 소설《지킬 박사와 하이드》에 나오는 괴물 하이드처럼.

＊　＊　＊

"달기라는 스무 살의 젊은 여자가 오밤중에 20층 빌딩의 시스템을 다 부숴 버렸다…. 빌딩의 시스템은 양자 시스템으로 구축되어 있었는데 모든 보안망이 개박살이 났다. 이게 무슨 개소리야…."

여기는 서울 인사동 근처의 국비수 안가(安家)[46]. 아담한 삼층집에 문밖으로 '미래 물산'이라는 낡은 간판이 걸려 있지만, 실상은 우는 아이도 들으면 울음을 그친다는 국비수 서울 지국의 안전 가옥이다.

국비수는 국가 비밀 수호대(National Secret Guard, NSG)의 약자로 국가정보원(국정원)과 육군 특수전사령부(특전사)의 일급 요원들로 구성된 대통령 직속 기관이다. 이곳은 국가 기밀에 해당하는 인물, 문서 등에 대한 보안 업무를 다루는데 이곳의 조직 구성, 업무 등 모든 것은 비밀에 속했다.

---

46) 안가(安家): 특수 정보기관 따위가 비밀 유지를 위하여 이용하는 일반 집.

기통문

한 팀장은 조금 전 들어온 첩보를 읽어 나가며 혀를 끌끌 찼다.

"경찰청은 뭐하는 거야? 이런 말도 안 되는 첩보를 보내오다니…."

곁에서 곽 대리가 한 팀장에게 조심스럽게 말했다.

"팀장님. 뭔가가 있는 것 같기는 해요. 제가 조사해 본 바로는 월하 사거리에 있는 EM 빌딩의 보안 시스템이 작년에 파괴된 적이 있거든요. 그때는 영문을 몰랐는데…. CCTV도 다 박살이 나서 원인을 찾아내지 못한 미결 사건입니다. 한번 조사할 필요가 있다고 생각해요."

"음…. 그럼 그 여자가 초능력을 쓴 건가? 크크. 곽 대리는 그걸 믿어? 능력도 정도껏 부풀려야지…."

그들은 서로를 팀장, 대리로 불렀지만 실상은 국정원 최고 요원이었고 특전사 최정예 특수 요원이었다. 국가 기밀에 속하는 인물이나 정보를 다루는 것에 목숨을 건 사람들이었다.

"팀장님. 일단 달기라는 여자의 신상과 그 여자가 머무는 기통문이란 바둑 도장에 대해 조사해 볼 필요가 있어요. 만약 그 여자가 빌딩 시스템을 부쉈다면 이건 정말 엄청난 능력입니다."

"알았어, 곽 대리. 한번 조사는 해 보되 너무 무리하진 말라고. 엉터리

첩보가 난무하는 건 사실이잖아."

"네, 팀장님. 알겠습니다."

곽 대리는 달기라는 여자가 초·중·고를 모두 검정고시로 패스했다는 점에 주목했다. 그녀의 아버지는 송종문. 월하 사거리에 기원 원장. 아버지가 버젓이 있는데 딸을 학교에 보내지 않았다는 점. 그리고 중요한 문제는 달기가 생활하는 기통문이 시스템이 망가져 수리를 한 적이 여러 차례 있다는 점. 평범하지만은 않은 달기란 여자의 정체는 뭘까…? 곽 대리는 머릿속이 복잡해졌다.

한 팀장과 곽 대리는 마침내 결정적인 의문에 도달했다. 그것은 정보를 흘린 변정이란 사람이 전에는 기통문 후계자로서 달기라는 여자와 오랫동안 한솥밥을 먹었다는 점이었다. 변정은 누구보다도 달기라는 여자를 잘 알 사람이었다.

그들은 한번 조사해 봐서 나쁘지 않다고 생각하기에 이르렀다. 진짜면 초대박이고 아니면 할 수 없고. 밑져야 본전이었다.

달기, 붙잡히다

"삐리링 삐링… 삐리링 삐링…."

구화문에서 누가 벨을 누른 모양이다. 관리장 허통은 인터폰으로 말을 걸었다.

"누구세요?"

"네. 국비수에서 나왔습니다. 달기라는 여자분 있나요?"

허통은 국비수라는 말에 정신이 번쩍 들었다. 국비수란 단어는 이 나라 국민치고 가장 두려워하는 단어 중 하나였다. 국비수라는 이름만 들었지 워낙 비밀스러운 조직으로 그곳에서 무엇을 하는지 아무도 알지 못했다. 사람들은 그저 국정원 위에 있는 특수기관으로 인식하는 정도였다.

"네. 있습니다만… 무슨 일인가요? 정말 국비수인가요?"

"네, 그렇습니다. 문 좀 열어 주세요."

"잠시만 기다리세요. 제가 문 앞까지 가겠습니다."

허통은 관리실에서 나와 마당을 가로질러 가며 문주에게 전화로 이 일을 알렸다.

월광정에 문주와 활귀, 달기가 모였다. 한 팀장과 곽 대리는 자신들의 ID 카드를 보여 주며 신분을 증명했다. 문주 진호림이 그들에게 물었다.

"국비수에서 달기를 찾다니요. 무슨 일이죠?"

한 팀장이 직설적으로 답했다.

"초능력 때문이죠. 저희는 달기라는 분이 초능력을 쓴다는 첩보를 받고 왔습니다. 이분을 잠시 데려가겠습니다. 한 달쯤 걸릴 거예요."

노골적이고 일방적인 대답에 진호림과 활귀는 깜짝 놀랐다. 달기는 긴장이 극에 달해 얼굴이 빨개졌다. 자신의 정체를 파고드는 외부 사람이 있을 줄이야…. 문주는 도통 무슨 소린지 모르겠다는 듯이 말했다.

"초능력이라니요? 무슨 말씀이신지…."

"아, 네. 작년 월하 사거리에 있는 EM 빌딩의 시스템이 박살이 난 적이 있었죠? 이 여자분의 소행임을 잘 알고 있습니다. 모른 척 마세요."

잠시간 무거운 정적이 흘렀다. 활귀는 분노했다. 달기의 비밀을 누설한 놈이 누군지 알 것 같았다. 변정. 그 쓰레기 같은 놈이 분명했다. 그리고 그놈 뒤에 악마 유간산이 있다. 정적을 깨고 한 팀장이 말했다.

"곽 대리. 모시고 가지."

"네, 팀장님."

달기는 부랴부랴 아라환을 챙긴 다음 두 남자를 따라 월하산을 내려갔다. 그녀는 산을 내려오는 동안 내내 무섭고 불안했다. 자신의 능력이 외지인에게 누설되었다는 사실에 두려운 걱정이 앞섰다. 더군다나 국비수라니! 달기는 긴장 때문에 손에 땀이 났고 간이 콩알만 해졌다.

늦은 밤의 대화

활귀가 망망기원을 찾은 것은 밤 8시였다. 달기가 국비수에 끌려간 지 하루가 지난 후였다. 송종문은 실험실에 있었다. 그는 그동안의 실험들을 컴퓨터에 입력하며 자료 정리를 하는 중이었다.

"원장님. 저 왔어요."

"활귀구나. 어서 와."

"달기 때문에 많이 걱정되시죠?"

"그래. 별 탈 없어야 할 텐데…."

"제 생각에는 유간산 이 새끼가 달기를 감옥에 보내려고 이리는 기 같아요."

"감옥?"

"네. 빌딩이 박살이 났으니 달기에게 죄를 물어 감옥에 보낼 심산인 거 같아요."

"허어…. 그렇게까지 달기를 괴롭히는 이유가 뭘까?"

"……."

활귀는 할 말이 없었다. 자신 때문인 것이다. 그 새끼가 노리는 것은 달기가 아니라 자신이었다. 송종문이 활귀의 등을 토닥거렸다.

"너무 걱정하지 마. 달기는 무사히 돌아올 거야."

활귀는 송종문이 고마웠다.

"원장님. 유간산을 용서할 수 없어요. 제 마음속에서 분노가 일어요. 통제가 안 되는 큰 분노가 일고 있어요. 복수하고 싶어요."

송종문이 활귀의 양어깨를 두 손으로 붙잡으며 그의 눈을 바라보았다. 그러고는 자상한 아버지처럼 말했다.

"우리에겐 분노가 필요한 게 아니란다. 더욱이 복수는 안 돼. 자신을 망칠 뿐이야. 우리에겐 꿈이 있잖니? 꿈을 향해 나아가려면 마음을 다스려야 된다."

원장의 말에 활귀는 고개를 끄덕였다. 어젯밤 잠을 뒤척이며 밤새도록 갈등하고 괴로워했던 온갖 상념들이 정화되는 느낌이었다. 그는 송종문을 아버지라고 부르고 싶었다. 하지만 차마 부르지 못하고 머뭇거렸다.

"달기가 널 좋아하는 것 같던데?"

원장이 웃으며 하는 말에 활귀는 약간 얼굴이 벌게졌다.

"정말요?"

"그래. 잘해 봐."

아…. 원장님이 날 생각해 주시는구나…. 활귀는 그동안 송종문이 자기를 떨떠름하게 보고 있다고 생각했었다. 이렇게 자기를 응원해 줄 줄은 미처 몰랐다. 그는 원장님이 너무나 고마웠다. 눈에 눈물이 고였다. 감사의 눈물이었고 천애고아인 자신에 대한 용서의 눈물이었다.

7장

그랜드 슬램

저승사자

"음? 20층 빌딩의 양자 보안 시스템을 순식간에 부줬다고요?"

안가에 있는 조사실에서 송 대리는 깜짝 놀랐다. 그녀는 41살이다. 고도비만으로 체중이 100킬로에 육박했다. 눈이 동그랗고 큰 편이었는데 놀라는 바람에 더욱 커 보였다. 달기가 EM 건물 시스템을 박살 냈다고 이실직고하자 어안이 벙벙해진 것이다.

"사이킥 포스[47](Psychic Force)인가…?"

송 대리는 혼잣말로 중얼거렸다. 그녀는 초능력 전문가였다. 십 년 전부터 초능력자에 관한 업무를 봐 왔다. 그동안 염력으로 숟가락을 구부리거나 청력이 뛰어난 사람은 봐 왔지만 이렇게 본격적으로 엄청난 파워를 부리는 사람은 처음이었다.

달기는 순순히 실토했다. 열 살 때부터 자신에게 능력이 있다는 것을 알았고 대상을 마음에 그리고 비명을 지르면 그 대상이 된 시스템이 먹통이 된다고 고백했다.

---

47) 사이킥(psychic): 심령술사, 초능력자, 영매.

조사는 송 대리의 주도로 한 시간 가까이 이어졌다. 마침내 조사를 끝낸 송 대리는 달기를 한 달 동안 묵을 방으로 보낸 후, 한 팀장과 곽 대리에게 말했다.

"사이오닉(Psionics)은 미국 공상과학 소설 작가들이 정신력으로 전자기기에 영향을 미치는 초능력을 나타내기 위해 만든 말이에요. 저 여자는 아마도 사이오닉 같아요. 실제로 능력을 쓰는 걸 직접 봐야 알겠지만요."

한 팀장은 고개를 끄덕였다. 그는 곽 대리를 바라보며 물었다.

"이곳은 일급 보안 자료들을 담은 곳이니만큼 여기서 초능력을 써 보라고 했다간 큰일이지…. 곽 대리! 달기란 저 여자 능력을 시험할 좋은 장소 없을까?"

"글쎄요…. 한번 궁리해 봐야겠어요. 지금은 좋은 곳이 딱히 떠오르지 않네요."

"음. 우리 한번 생각해 보자고."

이어서 한 팀장은 의미심장한 말을 내뱉었다.

"저 여자는 어쩌면 우리의 미래가 될지도 몰라…."

고바야시 타케시(小林武士). 나이는 29살. 그는 현재 일본의 3대 기전(棋戰)[48]인 기성, 명인, 본인방을 모두 가지고 있는 일본 최고의 기사로서 세계 랭킹 4위의 초일류였다. 그는 우주류[49](宇宙流)라는 독특한 세력 바둑을 구사했는데 귀와 변의 실리는 초개같이 버리고 중앙을 중시했다.

6월의 어느 날, 서울 북한산 밑에 위치한 고구려 호텔 특별 대국실에서 국수배(國手盃) 결승 1국이 치러졌다. 뛰어난 기량으로 결승에 오른 일본의 자부심 고바야시의 상대는 두 달 전 지존배를 거머쥐고 일약 스타로 급부상한 한국의 활귀였다.

활귀의 백번이었다. 흑을 쥔 고바야시는 위력적인 세력 바둑으로 백여 수가 넘어갈 무렵, 중앙을 온통 흑 천지로 만들었다. 우주류였다. 활귀는 난감했지만 결코 포기하지 않았다.

그는 드디어 고바야시의 중앙 경영의 틈을 날카롭게 비집고 들어가 중앙을 너덜너덜하게 만드는 데 성공했다. 활귀의 승리가 목전에 있는 것처럼 보였다. 그러나 자신의 흑돌을 연결하는 과정에서 노련한 고바야시의 공작에 휘말려 돌이 끊겼다. 그리고 바둑은 그걸로 끝이었다.

---

48) 기전(棋戰): 바둑 대회. 특히 프로 바둑 기사들이 상금을 걸고 승자를 가리는 대회를 뜻한다. 최초의 기전은 일본의 본인방전으로 1941년에 시작되었다.

49) 우주류(宇宙流): 중앙을 중시하여 웅장한 세력을 쌓으면서 형세를 유리하게 이끄는 형태의 바둑.

바둑은 연결의 게임이다.

라는 유명한 격언이 있다. 여기서 연결이란 수없이 많은 대국을 통해 터득할 수 있는 감각의 문제인 것이라 경험이 부족한 활귀가 돌의 연결에 실패했다고 해서 뭐라 책망하기도 어려운 문제였다. 어쨌든, 그때까지 20연승을 질주, 적수가 없던 활귀의 첫 패배였다.

하지만 활귀는 다시 일어섰다. 2국과 3국에서 고바야시의 대마를 두 번 다 때려잡아 그의 얼굴을 시뻘겋게 만들었다.

이상하게도 활귀는 대마를 잘 잡았다. 흑을 쥐든 백을 쥐든 공격적이었고 상대 돌을 잡아내기 일쑤였다. 팬들은 대마를 잘 잡는 전투적인 활귀의 바둑에 열광했다. 활귀는 국수배를 잡으며 두 달 전 지존배를 우승한 것이 우연이 아님을 만천하에 증명했다. 이때부터 팬들은 활귀를 '저승사자'라고 부르기 시작했다.

* * *

한 달 동안 달기는 가공할 초능력을 보여 국비수 요원들을 깜짝 놀라게 했다. 테스트가 성공리에 끝나자 그들은 달기를 시스템에 등록했다.

달기는 감옥에 갈지 몰라 내내 걱정했지만 그건 기우[50](杞憂)에 불과했

---

50) 기우(杞憂): 쓸데없는 걱정.

다. 오히려 그녀는 국가 최정예 요원 008이 되었다. 한 달이 지나 그녀는
기통문으로 돌아왔다.

그랜드 슬램

활귀의 인기는 가히 폭발적이었다. 그는 초가을에 중국 광저우에서 열린 국화배(菊花盃)마저 거머쥐었다.

광저우시가 후원하고 중국 기원이 주관하는 국화배는 중국 기사들의 인해전술로 8강에 오른 중국 선수들이 7명이나 되었다. 나머지 한 명은 활귀였다. 한국의 바둑 팬들은 일당백의 용사인 활귀의 활약에 크게 고무되었고 엄청난 응원을 보냈다.

팬들의 응원 덕분이었을까? 홀로 고군분투한 활귀는 중국 기사들을 연파하며 결승에 올랐고, 중국의 촉망받는 신예 기사이자 천재 기사인 17살의 '유즈어'를 상대하여 그의 대마를 두 번이나 잡아 우승했다.

놀랍게도 활귀는 한 달 뒤, 미국 뉴욕으로 가서 세계바둑연맹이 주관하는 리그전 형식인 세계 바둑 랭킹전(World Go Ranking Match)에 참가하여 이마저도 우승했다. 격년제인 일본기원이 주관하는 호시고 오픈 토너먼트는 열리지 않는 해였기 때문에 올해 열린 네 차례의 메이저 세계 대회를 모두 석권한 것이다.

그랜드 슬램이었다.

한국기원은 곧바로 활귀를 입신[51](入神)이라고 불리는 프로 구단으로 승단시켜 주었다. 그는 세계 바둑계에서 가장 핫한 기사였고 실제로 바둑이 신의 경지에 다다랐기 때문이었다.

활귀는 대회를 치르면서 점점 성숙해져 갔다. 그는 인공지능과는 다르게 멋과 낭만이 깃든 수를 즐겨 두었고 대범하고 호방한 수법을 좋아했다. 그래서인지 상대 대마를 잘 잡았다. 팬들이 붙여 준 저승사자라는 별명처럼 상대에게 있어 활귀는 죽음의 방문자 그 자체였다.

태어나서 지금껏 기풍[52]이랄 것도 없이 바둑을 두던 그였지만 《기경》을 익히고 세계 대회를 치르면서 자신만의 독특한 바둑 두는 스타일이 생긴 것이다.

---

51) 입신(入神): 위기구품의 하나. 기법(棋法)이 신의 경지에 이르렀다는 뜻으로, 오늘날의 九단에 해당한다.
52) 기풍(棋風): 바둑을 둘 때 나타나는, 기사의 독특한 방식이나 개성.

쌍백의 검토

달기와 닉시가 망망기원에 놀러왔다. 기원에는 쌍백 혼자 있었다. 쌍백은 얼마 전 뉴욕에서 열린 세계 바둑 랭킹전에서 활귀가 둔 최종국을 바둑판에 놓아 보는 중이었다. 닉시가 밝은 표정으로 물었다.

"오빠. 뭐 하세요?"

"어서 와. 활귀의 그랜드 슬램 최종국을 놓아 보는 중이야."

달기가 말했다.

"와, 메이저 대회를 모조리 우승하다니…. 이거 사기 아닌가요?"

"그러게. 사기꾼이니 조심해, 달기야."

쌍백의 말에 세 사람은 크게 한바탕 웃었다.

백여 수가 넘은 중반전의 승부처를 검토하던 쌍백은 고개를 갸우뚱거렸다.

"음, 나라면 이 길보다는 다른 길을 갈 것 같은데…."

활귀의 바둑에서 허점이 보인 것이다. 달기와 닉시는 옆에서 함께 보는 중이었다. 달기가 말했다.

"오빠. 이 길밖에 없는 것 같은데…? 일단 저 백돌을 추궁해야 하잖아."

"이 길은 위험해. 만약 상대방이 여기를 무식하게 끊어 오면 대책이 없어 보여…."

쌍백은 백돌 하나로 활귀의 흑돌 무리를 갈라놓는 수를 두며 말했다. 묘한 곳이었다. 그녀들은 그의 수법을 보고 놀라워했다.

"《기경》을 익힌 활귀가 이런 불완전한 길을 가다니… 이상한 걸."

쌍백은 최공의 《비상명》이란 책을 탐독한 바 있기에 무심법이 기초를 이루는 《기경》의 수법에 허점이 있는 것을 간파한 것이다.

지금으로부터 삼백 년 전, 최공은 정조 임금 앞에서 조선의 국수 천원화의 무심법에 당해 바둑을 크게 패한 뒤 절치부심하여 그 파해법을 발견한 바 있다. 그는 그 비결을 책자로 남겼는데 《비상명》이라는 책이었다.

양부문이 소유하고 있던 그 책은 후계자였던 쌍백이 가지고 있었고 그는 틈틈이 그 책자를 읽으며 그 수법을 익힌 바 있다. 그의 눈엔 활귀가 가는 길에 허점이 보인 것이다.

그는 검토를 멈추었다. 닉시와 함께 바둑알들을 바둑통에 넣으며 생각했다.

'음, 언제 한번 활귀에게 《비상명》이란 책을 보여 줘야겠다. 활귀가 그 책을 익히면 약점이 커버되고 더 강한 기사가 될 거야.'

연맹을 맺다

비류문주 옹달은 후계자 고신과 함께 월하산을 올라 기통문을 찾았다.

"문주님, 오시느라 고생하셨습니다."

진호림이 팔선전에서 옹달을 만나 환대했다.

"월하산에 온 것은 처음입니다. 좀 춥네요. 겨울이 오고 있네요. 문주님."

옹달은 진호림 곁에 있는 활귀를 바라보았다. 활귀는 그랜드 슬램을 이루어 세계에 맹위를 떨쳤다. 그래서인지 얼굴에 빛이 나 보였다.

"소문주께선 올해 열린 세계 대회를 모조리 석권하셨어요. 제가 깜짝 놀랐습니다. 역사상 데뷔 첫해에 이렇게 큰 업적을 이룬 기사는 없어요. 《기경》을 마스터했다지요?"

"과찬이십니다. 모두 《기경》을 익힌 덕분이에요. 저도 잘 믿기지가 않네요. 제가 우승할 줄은 몰랐어요."

"겸손도 하서라. 《기경》만으로 어떻게 세계적인 강자들을 다 꺾을 수 있겠어요? 실력과 재능이 있고 승부사의 기질이 있어야 가능하지요."

거듭된 옹달의 칭찬에 활귀는 어쩔 줄 몰라 했다.

광주의 중천문(中天門), 인천의 기쟁문(棋爭門), 대전의 오로문(烏露門), 강릉의 조화문(調和門) 등 세력이 작은 군소 문파의 수장들이 연이어 팔선전으로 들어왔다.

"안녕하세요? 오로문의 문정이라고 합니다."

문정은 48살의 여자였다. 진호림은 밝게 웃으며 환대했다.

"어서 오세요. 반갑습니다, 하하."

오로문은 역사가 8년 밖에 안 되는 신진 세력이었지만 대전 지역에서 AI를 활용한 바둑 교육으로 큰 히트를 쳐, 바둑 도장이 나날이 늘어나 현재 도장이 문화구, 유성구 등지에 6개나 되었다. 비록 재산과 명성, 인원 등이 기통문이나 비류문에 비해 턱없이 빈약했지만 시대의 흐름을 잘 타고 날아오르는 신흥 세력의 선두 주자 격이었다.

이들이 월하산을 오른 것은 큰 결심이 있어서였다. 연맹을 맺기 위함이다. 그들 자리 앞에는 연맹 계약서가 놓여졌다.

*   *   *

이들은 한마음이 되어 수담연맹을 만들기로 했다. 수담(手談)은 서로 상대하여 말이 없이도 의사가 통한다는 뜻으로 바둑을 일컬었다. 그들은 세부사항을 마저 논의하고 계약서에 사인을 했다. 그들은 초대 대표에 해당하는 연맹장[53](聯盟長)에 옹달을 추대했다.

이들이 연맹을 만든 이유는 유간산 등 자신들을 호시탐탐 노리는 적대 세력으로부터 자신들을 보호하고 또, 세를 넓히고 공고히 하여 미래의 한국 바둑을 번영으로 나아가게 하고자 함이었다.

그들은 최초의 사업으로 기통문과 비류문 두 문파가 절반씩 지분을 가지는 수담바둑이라는 회사를 설립하고 AI 바둑 윤리를 따르는 인공지능 바둑을 만들기로 했다. AI 바둑 윤리는 쌍백 등이 젊음의 샘에서 제창한 것으로 인공지능 바둑이 무분별하게 성장하는 것에 대해 어느 정도 제약을 주는 것을 주된 골자로 하고 있었다.

"수담바둑의 사장으로 누굴 세울까요? 추진력이 있고 일 처리도 능숙한 분이 됐으면 하는데요."

연맹장이 된 옹달의 질문에 진호림이 답했다.

---

53) 연맹장(聯盟長): 여러 단체가 연합하여 만든 조직의 대표를 뜻한다. 연맹을 맡아 이끌어 나가는 사람.

"송종문이란 분을 아시나요, 문주님?"

"네, 알고 있습니다. 그분 모르면 바둑 모르는 사람이지요. 호호"

"그분이 어떨까요?"

"홈…. 그분은 선언서를 작성도 하셨고 저희와 뜻이 같은 분이시니…. 더군다나 바둑계가 돌아가는 사정을 잘 아시니… 대찬성입니다. 초대 사장은 송종문 씨로 하죠! 기통 문주님이 그분에게 도움을 청해 주세요."

진호림과 옹달은 둘 다 문파의 수장으로서 수많은 풍파를 견뎌 온 탓인지 죽이 잘 맞았다.

회의에 참가했던 모두는 기통문에서 하룻밤을 잔 뒤, 각자의 문파로 돌아갔다.

수담바둑

바둑 회사를 세우기 위해 문주 진호림은 송종문에게 도움을 청했다. 송종문은 흔쾌히 수락했다.

그는 망망기원과 가까운 곳에 위치한 4층 건물을 임대한 후, 수담바둑이란 간판을 내걸었다.

그는 우선 회사 조직으로 바둑실과 기획실, 총무부를 두었다. 바둑실은 2개의 팀으로 구성했다. 개발팀, 정보팀이 그것이었다.

바둑실장 자리엔 35살의 비류문 후계자 고신이 들어왔다.

송종문은 기획실장에 쌍백을 중용하려고 했다. 하지만 쌍백은 이를 고사했다. 쌍백은 카페 젊음의 샘의 활동이 많았고 무너진 양부문을 다시 세우기 위해 많은 시간을 할애하고 있었던 것이다.

쌍백은 21살의 활귀를 추천했다. 미래를 위해 기통문에만 갇혀 있지 말고 사회에 대해 알아 가야 한다는 것이었다. 송종문은 어쩔 수 없이 나이는 어리지만 활귀를 썼다. 기획실장 자리는 자신의 수족과 같은 중요한 자리였다. 자기 사람을 쓸 수밖에 없었고 그런 면에서 활귀가 필요했다.

대전의 신흥세력인 오로문에서 온 강호일은 개발팀장으로 임명됐다. 45살의 강호일은 뛰어난 인재였다. 그는 한때 바둑 시장에서 '돌사랑'으로 유명한 오토액션 회사의 AI 개발실에서 일을 한 경력이 있었다.

정보팀장에는 광주를 터전으로 하는 중천문파의 최반노가 임명됐다. 강호일과 같은 나이인 최반노는 자칭 의리파였다. 사회경험이 많았고 회사 생리에 대해서도 잘 아는 사람이었다.

회사를 막 설립한 후라 조직이나 인원이 턱없이 부족했다. 재정적으로 넉넉한 자금을 가지고 있던 비류문과 기통문은 M&A[54]를 통해 AI 바둑 프로그램을 구축하려고 했다.

송종문은 M&A 대상으로 바둑 시장에서 아주 영세했던 '레드 마블스'라는 회사를 타깃으로 삼았다. 이 회사는 시장에서 '마블 X'라는 인공지능 바둑을 판매하고 있었는데 최근 들어 실적이 하향세로 돌아서서 크게 고전하고 있었다.

---

54) M&A: 기업의 인수와 합병을 뜻하는 말로, '인수'란 한 기업이 다른 기업의 주식이나 자산을 취득하면서 경영권을 획득하는 것이며 '합병'이란 두 개 이상의 기업들이 법률적·사실적으로 하나의 기업으로 합쳐지는 것을 말한다.

교만해진 활귀

사장 주재의 미팅이 있는 날이었다. 사장 송종문과 활귀, 바둑실장 고신과 강호일, 최반노가 모였다.

개발팀을 이끄는 강호일은 AI 바둑에 정통해 있었기에 나머지 사람들은 그를 브레인이라며 존중해 주었다. 하지만 오늘은 달랐다.

"레드 마블스는 6개월 이내로 데드예요. 살아남기 힘듭니다. 우리는 가만히 앉아 있다가 헐값에 통으로 먹으면 돼요."

강호일은 열변을 토했다. 지금은 M&A를 할 때가 아니라는 것이다.

"기다리자는 건가? 6개월을?"

"네, 사장님. 6개월 후 산소 호흡기 떼는 순간 우리가 들어가면 됩니다."

활귀는 의견이 달랐다. 그는 헛기침을 한번 한 후, 강 팀장을 바라보며 말했다.

"만에 하나 시기를 놓쳐 다른 경쟁사들이 가져가면 어떡하죠? 또 레드 마블스가 혁신을 통해 기사회생하면 곤란해지는 건 우리일 텐데요."

강 팀장은 활귀를 쳐다보며 말도 안 된다는 듯이 대답했다.

"이것 참. 우리 실장님, 세상 물정을 너무 모르시네. 시장이 돌아가는 걸 보면 몰라요? 우리 빼곤 아무도 레드 마블스 안 삽니다. 기사회생도 말도 안 되고요. 거기는 지금 월급 2달치를 직원들에게 못 줬어요."

강 팀장의 말에 젊은 활귀는 속에서 천불이 났다. 강 팀장이 자기의 의견을 일언지하에 묵살해 버렸기 때문이다. 그는 명색이 기획실장이지만 회사 내에서 나이도 어리고 아는 것도 없는 햇병아리 같은 존재였다. 자신도 그 점을 잘 알고 있었고 벗어나기 위해 노력했다. 하지만 오늘따라 강호일의 말이 참기 어려웠다. 흥분한 그는 얼굴이 붉어졌다. 급기야 그에게 날카롭게 쏘아붙였다.

"강 팀장! 지분도 없으면서 너무 나대는 거 아니요?"

정보팀의 최반노가 갑자기 눈이 날카롭게 째지며 활귀를 쳐다봤다. 활귀의 맞은편에 있던 강 팀장의 얼굴이 일그러졌다.

수담바둑 회사의 지분 절반은 기통문이 가지고 있다는 소리였다. 오로문은 지분이 하나도 없으니 조심하라는 말이었다. 아무리 상관이지만 나이 어린 활귀가 할 말은 아니었다.

"나대요? 지분이 없다고요? …. 허어…. 여기 주인이 당신이에요? ….
이렇게 갈굴 거면 대전으로 내려가겠습니다."

활귀의 얼굴이 크게 일그러졌다.

"뭐요? 당신이라고 했습니까, 지금?"

분위기가 험악해졌다. 강 팀장이 활귀에게 대놓고 당신이라고 한 것이
다. 사장이 수습에 나섰다.

"자자. 진정들 하라고. 왜들 이래? 오늘 미팅은 여기까지 할 테니 그리
들 알아."

활귀는 어린 나이에 그랜드 슬램을 이룬 뒤, 회사의 기획실장까지 맡게
되자 교만해졌다.

* * *

강호일과 최반노는 휴게실에서 커피를 탄 후 창밖을 내다보았다. 한겨
울이었다. 어젯밤 내내 내린 눈이 세상을 온통 하얗게 덮었다. 행인들이
조심스레 발걸음을 하고 있었다. 최 팀장이 말했다.

"어린놈이 가관이네…. 인성이 안 되어 있어."

강 팀장이 종이컵에 담긴 커피를 물 마시듯 벌컥 삼키며 말했다.

"후후. 머리에 피도 안 마른 놈이 말하는 본새하곤…."

"강 팀장… 어쩔 거야?"

"글쎄. 일단 보스가 매일매일 일과를 보고하라고 했으니 사실대로 이 일을 알려야겠지?"

보스란 대전 오로문의 수장 문정을 이르는 말이었다.

문정은 강호일의 보고를 접하고는 크게 노했다. 볼펜으로 책상을 탁탁 치던 그녀는 뭔가 결심한 듯 핸드폰을 들었다. 그리고는 강호일에게 전화를 걸었다.

흔들리는 연맹

강호일과 최반노는 바둑실장 고신에게 활귀가 계속 기획실장에 있는 한 같이 일할 수 없다고 사표를 낸 후, 각자의 본원으로 내려갔다.

사실 활귀는 올 한 해 프로가 되고, 치러진 모든 메이저 대회를 석권하고, 수담바둑의 기획실장이 되는 등 거침없이 질주하는 기관차였다. 엄청난 팬들이 그에게 환호했고 갈채를 보냈다. 그는 이제 바둑계를 대표할 만큼 유명세를 탔다. 그가 알지 못하는 새에 교만에 빠질 법도 했다. 그는 이제 21살이었다. 마음을 다스리고 겸손하기엔 너무 어린 나이였다.

그는 반성하기는커녕 강호일을 용서할 수 없었다. 물론 자기도 말실수를 했지만 이런 일로 연맹의 분열을 일으키는 그에게 분노를 느꼈다.

수담바둑은 처음부터 난관에 봉착했다. 쓸 만한 재목들이 빠져나간 것이다. 더군다나 연맹을 결성하며 큰 뜻을 품었던 문파들이 대립각을 세우게 되어 연맹은 앞이 보이지 않는 안개 속을 걷게 됐다.

* * *

기통문에는 대대로 내려오는 명상법이 있다. 문파에 들어온 수련생들은 맨 처음 명상하는 법부터 배웠다.

눈을 감고 가부좌를 한 채, 호흡을 고르게 하며 고요히 머무르는 것이었는데 사람에 따라 30분, 한 시간, 두 시간 등 명상의 시간이 달랐다. 꼭 오래한다고 잘하는 것이 아니었다. 각자에게 맞는 시간이 있었다. 활귀는 30분간 명상을 했는데 아주 잘하는 편이었다.

지난 날 기통문에서 하위 리그인 챌린지 리그에 속한 채 꼴찌를 밥 먹듯이 하던 때에도 명상 하나만큼은 둘째가라면 서러울 만큼 잘했다.

새벽 네 시경. 보통 때보다 일찍 일어난 활귀는 명상에 잠겼다. 강호일에 대한 분노를 다스리기 위함이었다. 전부터 분노는 악을 잉태한다고 귀에 못이 박히도록 배웠다. 하지만 아무리 명상으로 마음을 다스리려 해도 분노는 커져만 갔다. 호흡을 할 수 없을 만큼 감정이 폭발한 상태여서 그는 명상을 포기해야만 했다.

'끄응…. 호흡조차 힘들구나…. 이런 일은 처음이야….'

활귀는 밖의 공기를 쐬고 싶었다. 마당으로 나온 활귀는 석탑 주위를 천천히 돌았다. 겨울의 새벽 공기는 차갑기 그지없었다. 하늘을 바라봤다. 초승달 밑으로 샛별이 반짝였다.

8장

최공의 저주

빅매치

🌙

"사람은 뇌에서 뉴런과 시냅스 상호작용으로 기억, 학습, 인지 기능을
발현하는 만큼 인공지능 개발에서도 사람처럼 이 둘을 통합해 모사하는
것이 필요하다."

인공지능의 대가인 미국의 여성 과학자 '줄리아 앤'의 말이다. 그 후로
인간의 뇌를 닮은 꿈의 반도체 칩을 만들기 위해 세계는 경쟁했다. 그리
하여 3년 전, 한국의 반도체 회사 사성 전자는 세계 최초로 드림 칩(Dream
chip)을 만드는 데 성공했다.

드림 칩을 이용한 인공지능을 설계하는 것은 마음의 창조 프로젝트에
있어서 첫 단추를 끼우는 일이었다. EM의 프로젝트 개발팀은 한 치의 오
차도 없이 성공리에 드림 칩을 사용하여 AI를 개발해야 했다.

유간산은 우선 자신의 개발팀에게 드림 칩을 장착한 바둑 프로그램
'pro_361'을 만들라고 지시했다. 거기에 장착된 드림 칩이 성공리에 작동
한다면 본격적으로 마음의 창조를 설계할 생각이었다.

pro_361은 361의 스페셜 버전으로 지구상 가장 강력한 모델이었다. 이

것의 성공 여부는 마음의 창조 프로젝트가 성공할 수 있는가를 가늠해 보는 중요한 일이었다.

뛰어난 실력을 갖춘 EM의 개발팀은 육 개월 만에 pro_361에 다수의 지능형 반도체와 드림 칩을 탑재했고 메인 알고리즘에 《기경》을 장착했다. 실로 무시무시하고 막강한 바둑 AI가 탄생한 것이다.

*　*　*

"돈이 더 필요해… 돈이…."

유간산이 뇌까렸다. 그는 마음의 창조 프로젝트에 쓰일 자금이 더 필요했다. 그는 바둑 부장 변정과 기획실장 허달회와 함께 회의 중이었다. 그는 변정에게 물었다.

"pro_361은 잘 작동하고 있겠지?"

"네, 사장님. 현재 여러 프로들과 대국을 하고 있습니다. 100판 정도 두었는데 모두 불계승으로 이겼습니다."

"그 녀석하고도 뒀나? 활귀 말이야."

"대국 신청을 해도 받아 주지 않더군요. 아직 못 두었습니다."

유간산은 고개를 돌려 이번엔 기획실장에게 물었다.

"기획실장! pro_361과 활귀의 빅매치 어때?"

기획실장 허달회는 기다리고 있었다는 듯이 바로 대답했다. 그는 회의에 들어오기 전에 사장이 분명 pro_361과 활귀의 대국을 원할 것이라고 생각했다.

"괜찮은 것 같습니다. 현재 활귀란 놈의 인기는 하늘을 찌르고 있습니다. 기를 죽여 놓을 필요도 있고… 무엇보다도 저희가 2차 투자 유치회를 성공리에 진행하려면 투자자에게 어필할 것이 필요하거든요. 빅매치는 좋은 홍보 자료가 될 겁니다."

"기획실장. 그럼 진행해 봐. 빠른 시일 내로 활귀란 놈을 박살을 내 버리자고!"

"네, 알겠습니다. 사장님."

* * *

사장실로 돌아온 유간산은 넌지시 창밖을 바라보았다. 12월 초순의 초겨울의 날씨는 대낮인데도 영하의 기온이었다. 하지만 따스한 햇살이 창문을 온통 비집고 들어와 겨울임을 잊게 했다. 그는 생각에 잠겼다.

'바둑계 분위기가 어수선해…. 기통문과 비류문이 연맹을 맺을 줄이야. 활귀란 놈은 갈수록 승승장구하고… 끄응… 우리의 입지가 점점 좁아지고 있어. 그런 의미에서 빅매치는 중요한 돌파구가 될 거야….'

* * *

기획실장 허달회의 제안에 활귀는 흔쾌히 승낙했다. 단, 조건이 있었다. 허달회는 9일 동안 세 판을 두기를 바랐지만 활귀는 반대했다. 인공지능과 달리 자신은 사람이기 때문에 정신적, 육체적 에너지 소모가 극심할 터이니 여유롭게 5일에 한 판씩 두어 15일간 세 판을 두자고 제안했다. 그는 또 2시간 바둑을 원했다. 그래야 공정하다고 생각했다.

허달회는 동의했다. 한 달 후, 새로이 달력을 펼치는 이듬해 초, pro_361과 활귀가 15일 동안 세 판을 두어 자웅을 가리기로 했다.

이 뉴스를 접한 한국을 비롯한 전 세계 바둑계는 《기경》을 익혀 세계 바둑계를 정복한 인간과 《기경》을 탑재한 최강의 인공지능의 한판 승부에 벌써부터 들떠 있었다.

최공의 저주

시합이 보름쯤 남았을 무렵, 쌍백이 기통문에 들렸다.

"형. 어쩐 일이세요? 닉시 보러 오셨구나!"

팔선전 휴게실에서 달기와 커피를 마시고 있던 활귀는 쌍백을 보자 반색했다.

"아니. 너 보러 왔지!"

"네? 저요? 무슨 일인데요?"

"꼭 무슨 일이 있어야 보나? 하하."

쌍백이 기분이 좋은 것 같아 활귀도 덩달아 기분이 좋아졌다. 유쾌하게 웃는 그에게 쌍백이 가방에서 책을 한 권을 꺼내 주면서 말했다.

"옛 바둑책이야. 내가 무척 아끼는 책인데 한번 읽어 봐. 시합 때 이 책이 도움이 될지도 몰라."

"아…. 저번에 기원서 형이 읽던 책이구나!"

"맞아! 《비상명》이란 책이야."

"고마워요 형. 꼭 읽어 볼게요!"

*　*　*

며칠 후 밤 8시경, 활귀는 자기 방에서 책상에 앉았다. 그는 쌍백이 빌려준 책을 꺼내 읽기 시작했다.

노자는 말했다.

道可道 非常道 名可名 非常名.
도가도 비상도 명가명 비상명.

도(道)를 말하게 되면 진정한 도(道)가 아니고,
이름(名)이 규정지어지면 진정한 이름(名)이 아니다.

나는 노자의 이 말에 바둑을 담았다. 이 책은 앎이란 곧 모름이라는 괴상한 생각에서 출발하여 무심(無心)을 극복하려 했다. 후대에 그 누가 있어 이 비밀을 풀어줄까?

'음…. 앎이 곧 모름이다…? 정말 괴이하다. 바둑을 담았다니 한번 읽어서 나쁠 것은 없겠지.'

그는 천천히 책장을 넘기기 시작했다.

삼백 년 전, 최공은 천원화의 무심법을 깨뜨리고자 이 책을 저술한 것이다. 《기경》의 기초가 되는 무심법과는 정반대되는 논리가 담겨 있는 책이었다.

'끄응. 혼란스럽다…. 머리가 아파… 마음도….'

그의 머릿속에서 《기경》과 《비상명》이 서로 엄청난 충돌을 일으켰다. 《기경》은 동쪽으로 가라 하고 이 책은 서쪽으로 가라 했다. 《기경》은 공격하라 하고 이 책은 수비하라 했다. 《기경》은 때가 아니니 기다리라 하고 이 책은 지금이 절호의 기회라고 했다. 실로 상극 그 자체였다.

뚫리지 않는 방패와 무엇이든 뚫을 수 있는 창이 만난 것 같아 활귀의 혼란은 극에 달했다. 그의 눈은 붉은 핏줄이 생기면서 갈수록 빨개졌다.

'한 번도 의심해 본 적이 없는 《기경》인데… 이 책을 읽으니 내가 그동안 익힌 것들이 뒤죽박죽이 되는 것 같아….'

활귀는 읽는 걸 잠시 멈추려고 했지만 뜻대로 되지 않았다. 묘하게도 책은 활귀를 꽉 붙잡고 있었다. 그를 강한 힘으로 붙잡고는 깊고 음침한 어둠 속으로 끌고 들어가는 흑마법처럼.

결국 그는 《비상명》의 마지막 장까지 다 읽었다. 그때 마음속에서 천원화의 음성이 귀를 찢을 듯이 날카롭게 울렸다.

'미친… 최공… 용서치 않으리라!!'

끔찍했다. 그동안 그의 내면에서 바둑의 불꽃을 활활 태우게 했던 천원화의 바둑령이 처절한 괴성을 지르며 떠나갔다. 몸이 사시나무 떨듯 덜덜 떨렸다. 활귀의 눈은 극도로 충혈되어 마치 미친 사람 같았다.

'아…. 시조님의 순수한 영기(靈氣)가 사라지고 있어….'

힘이 다 빠진 활귀는 바닥에 쓰러졌다. 손가락을 움직일 힘조차 없었다. 그리고는 이내 깊은 잠에 빠졌다.
밤새 무서운 꿈을 꾼 듯했다. 눈을 떠 보니 이미 아침이었다.

최공은 천원화가 바둑계를 통치하지 못하게 하려고 《비상명》을 쓴 것이고 삼백 년이 지난 지금에 현실로 이뤄진 셈이었다. 최공의 저주였다.

활귀는 두려운 걱정이 앞섰다. 열흘 후가 첫 번째 대국이다. 천원화가 떠난 지금 활귀는 자기 스스로 pro_361을 이겨야 했다.

처참한 패배

한 해가 지나고 시작된 새해 첫날, 서울 광화문엔 밤사이에 함박눈이 내려 세상이 온통 하얗게 변했다. 그곳 가까이 위치한 칠성급 호텔인 포시즌스 호텔에서 인간과 인공지능의 한판 승부가 펼쳐졌다.

과거로 거슬러 올라가면 약 30년 전, 2016년 바로 이곳 광화문 옆 포시즌스 호텔에서 이세돌과 알파고의 대결이 있었다. 알파고가 1국을 이기자 그것을 만든 사람 중 한 명이 흥분을 감추지 못하며 말했다.

"이겼다! 우리는 달에 착륙했다."

하지만 그로부터 30년이 훌쩍 넘어 버린 지금은 상황이 정반대다. 그때는 누구나 이세돌의 승리를 예상했지만 지금은 누구나 인공지능 pro_361의 승리를 확신한다.

지금 바둑으로 인간과 인공지능이 대결을 펼친다는 것은 있을 수가 없는 일이었다. 게임이 안 된다는 이유 때문이다. 마치 어른이 어린아이의 손목을 비트는 것처럼 인간은 인공지능의 벽을 결코 넘을 수 없었다. 그래서 이 특별대국에 쏠리는 일반 대중과 바둑 팬의 시각은 왜 되지도 않는 게임을 하나? 하는 의문뿐이었다.

다행이 흥미로운 점은 《기경》이었다. 《기경》을 탑재한 인공지능과 《기경》을 익혀 그랜드 슬램을 이룬 바둑 천재와의 빅매치! 과연 둘이 붙으면 누가 이길까? 관전자들은 이 점에 재미가 있었고 흥미를 느꼈다.

정오에 시작하는 이 대국은 생방송으로 진행됐고, 바둑인들은 바둑계에서 30년 만에 열리는 인간과 인공지능의 단판 승부에 들떠 있었다.

* * *

드림 칩을 장착한 pro_361은 《기경》의 모든 것을 바둑판에 쏟아부을 수 있게 설계되어 있었다. 바둑은 벌써 백여 수가 지났다. 활귀가 끙끙대는 소리가 대국장을 울렸다. 그는 생각했다.

'아! 이미 판세는 크게 기울어졌다. 도저히 이길 수가 없어….'

그의 머릿속에서는 《기경》과 《비상명》의 바둑 요결들이 서로 충돌하며 끝없이 그를 괴롭혔다. 그는 갈팡질팡했고 목적도 없고 영혼도 없는 수들로 판을 계속 채웠다. 그의 두 개의 대마가 풍전등화의 위기였다. 일명 양곤마[55]. 하나의 대마도 살리기 힘든데 두 개의 대마가 함께 쫓기니 패배의 먹구름은 갈수록 짙어졌다.

----

55) 양곤마: 바둑에서 상대방 돌에게 쫓기거나 포위되어 살기 어려운 두 개의 대마.

드디어 pro_361은 활귀의 무리지은 흑돌 한가운데를 치중했고, 그걸로 대마가 죽으며 바둑은 끝이 났다.

검토실에 있던 목진돌 구단과 몇몇 프로가 대국장으로 한걸음에 달려왔다. 활귀는 기자들이 연이어 터트리는 플래시 세례를 받았다. 그는 꼼짝 않고 바둑판을 응시한 채 미동도 하지 않았다. 아무도 말이 없었다.

첫판은 활귀의 처참한 완패였다. 싸움이 아예 안 됐다. 마치 천하장사가 닭 모가지 비트는 격이었다.

*　*　*

바둑을 패하고 기통문에 돌아온 활귀는 두문불출[56](杜門不出)했다. 방에 꼭 틀어박혀 어제 두었던 바둑을 복기[57](復棋)했다. 돌을 놓아 보던 그는 뇌까렸다.

'끄응…. 저승사자가 아니라 망자로군…. 내 바둑이 이렇게 죽은 바둑일 줄이야…. 아무 힘도 느껴지지 않아….'

그는 답답했다. 방에서 나와 마당의 석탑 주위를 돌며 겨울의 찬 공기

---

56) 두문불출(杜門不出): 집에만 있고 바깥출입을 아니 함.
57) 복기(復棋): 바둑에서, 한 번 두고 난 바둑의 판국을 비평하기 위하여 두었던 대로 다시 처음부터 놓아 봄.

를 쐬었다. 답답함이 조금 가시는 듯 했다. 달기가 다가왔다. 그녀는 첫 대국을 크게 패한 활귀를 걱정하고 있었다.

"활귀야. 기분 전환 겸 산에 올라가는 건 어때?"

"산에?"

"응, 옥녀봉에 한번 가 봐. 산은 뭐랄까. 기분 좋은 치유가 일어나는 곳이거든."

"그거 좋겠다. 머리가 지끈거려. 이렇게 머리가 복잡했던 적은 없었어…."

"같이 갈까?"

"아니. 혼자 갈래."

"그래. 심신을 추스르고 와. 기분이 좋아질 거야."

옥녀봉은 해발 1,600m인 월하산 정상이다.

월하산에 오르다

🌙

나라엔 다섯 개의 큰 산이 있다. 북 백두, 남 지리, 동 금강, 서 묘향 그리고 중앙에 월하산이 그것이다. 사람들은 이 다섯 산을 신성시했다. 그 중에 월하산은 높이 1,600m, 면적이 200km²나 되는 큰 산으로 수많은 비경을 감추고 있는 빼어나게 아름다운 산이었다.

월하산은 기혈이 풍부하고 크고 작은 대맥(大脈)이 많았으며 성질상 물(水)의 기운을 가지고 있었다. 풍수에 따르면 이 산에 달의 기운이 모인다 하여 이름을 월하산(月下山)이라 했다고 한다. 크고 작은 절과 암자가 많았다. 이 산은 거대한 화강암으로 이루어진 주요 암봉 사이로 수십 개의 맑고 깨끗한 계곡이 형성되어 있다. 과거 수많은 선비들이 이를 보고 천하제일 명산이라고 이구동성으로 감탄을 하곤 했다.

활귀는 상처 나고 너덜너덜해진 자신을 가다듬기 위해 월하산을 올랐다. 무척이나 추운 날씨였다.

'휴…. 엄청 춥군…. 근데 머리는 좀 맑네…. 역시 산행은 알 수 없는 에너지를 준다니까.'

그는 월하능선을 타기 시작했다.

'내 실력이 아니었어. 시조님의 바둑령이 내 안에서 해 줬던 거였어. 그것이 떠난 지금 나는 아무것도 아니야. 이젠 저승사자가 아니라 달아나기 바쁜 좋은 먹잇감일 뿐….'

한 달 전 회사에서 미팅 때, 강 팀장에게 윽박지르던 자신이 떠올랐다.

'강 팀장에게 미안해…. 내가 교만했던 거였어. 나이 어린 내가 못할 말을 한 거지…. 다음에 만날 기회가 닿으면 미안했다고… 꼭 말해야겠어.'

그는 교만했던 자신을 뉘우쳤다. 그러자 한 달간 그를 괴롭히던 강 팀장에 대한 분노의 감정이 누그러졌다.

등산객들에게 가장 인기 있는 코스는 월하능선을 타고 오르는 것이었다. 월하능선을 오르며 바라보는 산의 빼어난 경관은 사람들을 황홀하게 했고 넋이 나가게 했다. 산봉우리는 옥녀봉(玉女峰)이었다.

옥녀봉에 서니
발밑으로 구름이 지나간다.
끝없이 펼쳐지는 하늘의 조화로다.
아! 호연지기[58](浩然之氣)란 바로 이것이다!

---

58) 호연지기(浩然之氣): 세상에 꺼릴 것이 없는 크고 넓은 도덕적 용기를 말한다.

천하를 얻으니 달빛이 은은하다.

인터넷에 떠도는 어느 무명 시인의 감회다.

옥녀봉에 선 활귀의 발밑으로 정말로 구름이 스쳐 지나가고 있었다. 겨울의 칸바람이 그의 얼굴을 세차게 때렸다. 호연지기라는 걸 느낄 수 있을 만큼 그의 시야에 펼쳐지는 산과 구름, 하늘은 장대하고 웅장했다.

'음, 정말 오르길 잘했구나! 막혔던 속이 뻥 뚫리는 듯하다. 으하하하. 참으로 멋지구나!!'

활귀는 정상에서 한참을 머문 뒤, 해가 지기 전에 기통문으로 내려왔다.

각성(覺醒)

C

월하산 정상에 다녀온 날 밤, 활귀는 어느 때보다 일찍 잠들어 숙면을 취했다. 피곤하기도 했거니와 교만과 분노로 헝클어졌던 마음의 응어리들이 씻겨 나간 때문이기도 했다. 꿀맛 같은 단잠을 잔 활귀는 4시경에 잠에서 깼다.

그는 차가운 물로 세수를 하고는 가부좌를 한 채 명상에 잠겼다.

독고혁인의 영기가 떠나 버린 후, 그는 힘을 쓸 수 없었다. 아직도 머릿속에 《기경》과 《비상명》 두 책자의 바둑 요결들이 서로 충돌하며 그를 무척이나 혼란하게 했다. 그는 더 이상 천하제일 고수가 아니었다. 이젠 쭐보요, 사기꾼이 된 것이다.

오늘도 그는 고요히 머무를 수 없었다. 명상이 힘들었다. 혼란 속에서 그가 흔들리고 있을 때 어제 올랐던 월하산 산봉우리, 옥녀봉이 떠올랐다. 거기서 바라보던 운해(雲海)… 호연지기….

그때였다. 2년 전, 그가 망망기원에서 《기경》의 마지막 두루마리를 익힌 후, 묵상 중에 들렸던 친근했던… 그 음성이 들려왔다.

바둑판 위에서 네가 자유롭길 원한다면 '절대' 옆에는 '반드시'가
있음을 생각해라.

아버지? 아빠일까? ….

이상했다. 얼굴을 본 적도, 꿈에서 만난 적도 없지만 꼭 아빠의 목소리
같았다.

절대… 반드시… 음… 절대 안 된다…. 반드시 된다….

홀연히 한 가지 생각이 들었다.

'그렇다! 절대 안 되는 그것은 마음먹기에 따라서는 반드시 되는 것이다!!!'

상극이던 《기경》과 《비상명》의 문구들이 실은 같은 거라는 생각이 들
었다. 그러자 서로 충돌하며 자신을 괴롭히던 《기경》과 《비상명》의 요결
들이 신기하게도 하나둘씩 퍼즐이 맞춰져 갔다.

세찬 풍랑이 놀랄 만큼 고요해졌다.

그는 아주 오랫동안 거기에 머물렀다. 이윽고 명상이 끝나고 눈을 떠
보니 한 시간 이상이 지난 후였다.

기통문

"후우우… 후우….”

그는 길게 숨을 내쉬었다. 그는 홀연히 깨달음을 얻었다.

화장실에서 세수를 다시 하려고 거울을 본 활귀는 소스라치게 놀랐다. 전에 비해 눈이 약간 째지고 눈동자가 조금 더 커진 것이다. 검던 머리카락 색깔이 진한 갈색으로 변했다.

활귀는 각성[59](覺醒)을 하여 모습이 변한 것이다.

---

59) 각성(覺醒): 깨달아 앎.

승부는 원점으로

🌙

처참한 패배를 당한 지 5일 후 두 번째 판.

초반 포석은 물 흐르듯이 부드러운 흐름이었다. 서로 무리하지 않고, 상대를 자극하는 도발적인 수도 없이 평이하게 흘러갔다. 100여 수가 넘은 중반전에 다다라 활귀가 판을 흔들어 댔다.

저승사자가 부활한 것일까? 그는 pro_361의 돌들을 이리저리 끊어 가며 반상을 어지럽게 만들었다. 그런데 그의 예상과는 반대로 오히려 위태로워진 건 활귀의 돌이었다. 능구렁이 같은 pro_361의 역습을 미처 생각하지 못했다. 활귀의 흑돌이 사방에서 살려 달라고 비명을 질러 댔다.

설상가상 불리한 패[60]까지 났다. 순식간에 패색이 짙어졌다.

그는 눈을 감았다. 절대… 반드시…. 아빠의 음성…. …. 그때 홀연히 한 생각이 떠올랐다.

---

60) 패(覇): 바둑에서 패는 양쪽 돌이 한 점씩 단수로 몰린 상태로 물려 있어 서로 잡으려는 형태를 뜻하는 말이다. 동형반복 금지의 원칙이 적용된다.

'모든 것이 진실일 수도 있고, 모든 게 다 거짓일 수도 있다.'

색즉시공 공즉시색[61](色卽是空 空卽是色)이라는 불교의 화두를 생각나게 했다. 그는 생각했다.

'아! 절대… 반드시…. 그 말이 바로 이런 뜻 아닐까?'

바둑판 위의 돌들이 하나둘씩 사라졌다. 모든 바둑알이 사라지자 그의 마음은 텅 비어졌다. 그러자 그 공허한 마음에 '바둑'이 물밀 듯이 밀려 들어왔다. 차차 그의 마음속은 바둑으로 가득 찼다. 그는 드디어 무아의 경지에 이르러 일체의 마음속에 있는 여러 생각을 떠나보냈다.

활귀는 검은 돌 하나를 만지작거렸다. 그리고는 힘 있게 착수했다.

"딱!!!"

그는 팻감을 참으로 묘한 곳에 썼다. 받기도 안 받기도 애매한 곳이었다. pro_361은 활귀의 팻감을 안 받았는데 거기서 큰 수가 났다. 활귀가 썼던 팻감은 기사회생의 절묘한 수였던 것이다. pro_361은 몇 수 못 가자기가 승리할 확률이 30%까지 내려갔다. 그리고는 이내 돌을 던졌다.

---

61) 색즉시공 공즉시색(色卽是空 空卽是色): 모든 사물은 공허하며, 공허한 것은 형체가 있는 사물과 다르지 않다는 말. 반야심경의 첫 구절에 나온다.

활귀가 쓴 팻감은 《비상명》의 요결 중 으뜸인 반무심법(反無心法)의 한 수였다. 《기경》을 메인 알고리즘으로 한 pro_361의 머릿속엔 없는 수였다. 《기경》은 무심법(無心法)을 기초로 만들어졌기 때문이다.

각성한 활귀는 《기경》과 《비상명》의 상극의 두 바둑책을 하나로 합친 전대미문의 파워를 가진 것이다.

* * *

변정과 이 팀장은 pro_361이 진 이유를 분석팀과 함께 찾고 있었다. 다들 난감했다. 《기경》이 최고의 알고리즘이 아니라는 분석 결과 때문이다. 《기경》 이외의 강력한 대항마가 어딘가에 존재한다는 것이었다.

활귀가 둔 묘한 팻감은 치밀한 전략이 짜인 바탕 하에 나왔고, 그때 그의 행동 패턴은 《기경》과 완전히 상반되는 길이었다는 분석이었다.

유간산과 기획실장 허달회가 3층의 바둑 부서를 직접 찾아 내려왔다.

"패인은 뭐지? 변 부장! 대답해 봐!!"

유간산은 흥분해 있었다. 절대 지면 안 되는 시합이었다. 마음의 창조 투자자들을 생각하면 아찔했다. 만일 그들 중 일부가 투자금을 회수해 가기라도 한다면…?

기통문

변정이 대답했다.

"네, 사장님.《기경》을 능가하는 어떤 존재가 있는 것 같다는 분석입니다."

"씨발.《기경》이 최강의 바둑책 아니었어?"

아무도 대답이 없었다. 허달회가 말했다.

"변 부장. 대책은 뭐지? 반드시 이겨야 한단 말이야!"

"다음 시합까지 4일의 여유가 있으니 그동안 이길 방법을 찾아보겠습니다."

"여유? 여유라 했나, 지금? 정신들 차려! 반드시 이겨야 해. 알았지? 반드시!!!"

허 실장의 닦달에 부서원들은 긴장했다. 그들은 4일 안에는 대안을 찾기 어렵다는 것을 알고 있었다. 그래도 찾는 시늉이라도 해 봐야 했다.

활공지능

구화문 앞에서 문주 진호림과 청산걸인을 비롯한 문파의 많은 사람이 활귀를 기다렸다. 활귀가 구화문에 다다르자 제일 먼저 그에게 달려간 건 달기였다. 달기가 활귀를 양팔로 껴안으며 말했다.

"네가 너무 자랑스러워!!"

활귀도 달기를 안으며 말했다.

"뭐 이 정도쯤이야!"

활귀의 말에 그들은 유쾌하게 웃었다. 달기는 활귀가 조금 달라 보였다. 전보다 눈이 더 째지고 머리 색깔이 갈색으로 변한 것이다. 눈동자도 좀 더 커 보였다.

"활귀야, 너 전보다 더 멋있어진 것 같아. 염색도 했네?"

활귀는 각성을 하여 모습이 변해 있었다. 그는 활짝 웃으며 말했다.

"하하. 이기니까 기분 좋다. 옥녀봉 산신령이 날 도운 것 같아. 크크."

모두들 그들의 대화를 들으며 함께 즐거워했다.

세계 각국의 매스컴에서는 인간이 pro_361을 이길 확률이 거의 0%였다고 방송하며 불가능한 일이 일어났다고 놀라워했다.

활귀는 국민적인 영웅이 되었다. 사람들은 인공지능을 이긴 활귀를 '활공지능'이라고 부르며 그의 바둑을 찬탄했다.

* * *

EM의 개발팀은 4일이라는 짧은 시간 동안 밤을 새워 가며 인공지능을 업그레이드했다. 그들은 《기경》의 기반이 되는 음양오행과 상반되는 길을 가는 상대의 패턴을 감지, 그 활동 패턴을 분석하여 강력한 대응을 할 수 있도록 인공지능을 새롭게 구축했다.

9장

신의 한 수

신의 한 수

서로 1승씩 나눠 가진 뒤 벌어진 최종국!

활귀의 백번이었다. 바둑은 벌써 백여 수가 지났다. 활귀가 끙끙대는 소리가 대국장을 울렸다.

'끄응. 내가 너무 밀리는걸. 내게 단 한 번의 기회도 오지 않고 있어. 이 대로 가다가는 끝장이야.'

활귀는 pro_361의 가공할 기세에 눌려 계속 고전했다. 흑을 쥔 인공지능은 활귀의 돌을 교묘히 끊어 가며 수습이 불가능하게 보일 만큼 압박했다. 뭔가 판세를 뒤집을 묘수가 필요했다. 국면은 그만큼 크게 불리했다. 드디어 흑이 백돌을 잡기 위해 총부리를 들이대고 방아쇠를 당겼다.

절체절명의 위기였다.

활귀는 시간을 물 쓰듯 쓰기 시작했다. 바둑판과 대국자를 비추는 라이트가 너무 셌기 때문일까? 그의 이마에서 땀방울이 송골송골 맺힌 뒤 얼굴을 타고 목덜미로 흘러내렸다.

그는 장고에 장고를 거듭했다. 이십 분이 흘렀다.

타개책이 보이지 않았다. 활귀가 절망의 끝자락에서 이제 그만 돌을 던지려는 찰나, 그에게 믿기 어려운 기발한 생각이 떠올랐다.

'호구[62](虎口)에 내 돌을 집어넣으면 어떻게 될까? 이런 수는 인공지능도 미처 보지 못했을 거야!'

그는 십여 분을 더 생각한 뒤 마침내 백돌 하나를 꺼내 들었다.

"딱!!!"

그는 호구에 백돌을 집어넣었는데 이건 자살행위나 마찬가지였다. 바둑 두는 사람치고 호구에 돌을 넣는 바보는 이 세상에 아무도 없다. 그러나 이 수는 어려운 난국을 타개하는 유일한 묘수였다. 이것은 활귀가 숨겼던 《기경》의 8번째 두루마리 '묘수 편'에 있던 거였다.

잡초같이 질긴 생명력. 바둑은 숨이다.

활귀의 흰 바둑알이 위기를 극복하고 승리하는 진리였다. 90프로를 넘

---

62) 호구(虎口): 바둑돌 석 점이 둘러싸고 한쪽만이 트인 그 속을 뜻하며 호랑이가 입을 벌리고 있는 모습과 비슷하다고 해서 '호구(虎口)'라고 명명됐다. 호구 안에 상대의 돌이 들어올 경우 한 수만 더 놓으면 그 돌을 따낼 수 있다.

어섰던 pro_361의 승률 그래프는 그 수로 인해 급전직하 나락으로 떨어졌다. 천하제일의 묘수를 당한 것이다.

모두가 놀랐다. 그리고 놀람이 채 가시기도 전에 pro_361은 돌을 던졌다. 활귀의 대역전승이었다.

관전하던 일반 대중과 바둑 팬들은 인간이 최강의 AI를 이기자 어안이 벙벙하다. 있을 수 없는 일이 일어난 것이다.

기통문

감추어 둔 진실

pro_361은 《기경》의 오묘한 바둑 이치를 알고리즘에 담았는데 패인은 그곳에 있었다. 《기경》은 8개의 두루마리가 서로 상응해야 엄청난 효과가 나타나게 되어 있었고, 7개의 두루마리로는 바둑의 근본에 다다를 수 없었다.

실재 《기경》은 중국 고서인 주역의 팔괘(八卦)를 기본 구조로 이루어져 있었다. 주역에선

역(易)에는 태극(太極)이 있으니 이것이 양의(兩儀)를 낳고 양의는 사상(四象)을 낳고 사상은 팔괘(八卦)를 낳는다.

라고 말하고 있다. 팔괘는 자연계 구성의 기본이 되는 하늘(天)·땅(地)·못(澤)·불(火)·우뢰(雷)·바람(風)·물(水)·산(山) 등을 상징한다.

각 두루마리는 음양오행의 일곱 개의 상징이 아니라 팔괘의 여덟 개의 상징으로 이루어져 있었고, 각 두루마리를 모두 익히면 팔괘가 완성되어 바둑의 근본인 태극(太極)에 이를 수 있었다.

그런데 독고혁인 천원화는 왜 첫 번째 두루마리에 《기경》이 음양오행에 따라 7개의 두루마리로 만들어졌다고 했을까?

독고혁인은 천하제일의 바둑 고수일 뿐만 아니라 견성[63](見性)에 이른 큰 도인이었다. 《기경》을 만들 당시 그는 심안[64](心眼)으로 하늘의 기운을 읽었다. 그는 먼 후일을 미리 내다보고 닥쳐올 위험, 악마로부터 《기경》을 지키기 위해 두루마리를 일곱 개라고 속인 것이다.

유간산은 첫 번째 두루마리의 서두를 보고 두루마리가 7개인 줄로 착각한다. pro_361이 활귀에게 무참히 패했는데도 그는 왜 졌는지 몰랐다.

인공지능은 바둑의 근본인 태극에 이르지 못했다. 마지막 두루마리를 몰랐기 때문이다. 오직 활귀만이 그윽이 높은 경지인 근본에 다다른 것이다.

독고혁인은 활귀를 제외한 모든 사람을 속였다.

---

63) 견성(見性): 마음 닦는 공부를 하여 깨달음을 얻게 되는 체험의 경지.
64) 심안(心眼): 사물을 주의하여 잘 살피고 식별하는 능력. 또는 그런 마음의 작용.

세계가 놀라다

Human Go champion win over machine.

(인간 바둑 챔피언이 인공지능을 이겼다.)

세계 최대의 통신사인 영국의 로일트 통신은 활귀의 승리를 전 세계로 타전했다.

한·중·일뿐만 아니라 유럽·미국·동남아·인도 등 바둑 붐이 일고 있던 세계 각국에서 활귀의 승리는 엄청난 뉴스가 되었다.

3국이 끝난 후, 활귀는 기자들의 인터뷰 요청에 응해 대국을 치른 소감을 밝혔다.

"나는 이길 수도 있다고 생각했어요. 바둑의 신이 있다면 그의 답안지는 백 점일 거예요. 인공지능은 아마도 70점? 나머지 30점은 미지의 영역인 거죠. 저는 그 미지의 영역을 탐험하는 모험가이기만 하면 되죠. 그럼 이길 수도 있다고 봤어요."

사람들은 2년 전 겨울, 독립문에서 선언서를 낭독하던 사람들을 떠올렸다. 그들이 외치던 함성, '인공지능으로부터의 자유'가 현실이 된 듯한 착각에 빠졌다. AI가 전부는 아니라는 그 메시지가 활귀의 승리로 현실이 되었다.

* * *

활귀는 AI를 이기고 기통문에 금의환향[65](錦衣還鄉)했다. 가장 기뻐한 사람은 달기였다.

"활귀야. 호구에 돌 넣기 있기, 없기?"

"있기! 하하하"

"히히히. 맞아, 있기!"

달기는 너무 기쁜 나머지 활귀의 뒤에서 그의 목덜미를 한손으로 감으며 깡충깡충 뛰었다. 달기가 마치 자기 일처럼 좋아해 주자 활귀는 진심으로 기뻤다. 달기가 더욱 예뻐 보였다.

그들은 문주가 준비한 진귀한 음식이 차려진 성대한 환영식에서 기통문의 모든 사람과 함께 기쁨을 만끽했다.

----

65) 금의환향(錦衣還鄉): 비단옷을 입고 고향에 돌아온다는 뜻으로, 출세를 하여 고향에 돌아가거나 돌아옴을 비유적으로 이르는 말.

등을 돌리다

☽

인공지능과 활귀의 빅매치가 이뤄진 지 일주일 후, 큰돈을 EM에 투자한 미국의 존 그린과 인도의 아르야, 중국의 딩하오는 화상회의를 열었다.

모두 얼굴빛이 좋지 않았는데 특히 딩하오는 상당히 불쾌한 표정이었다. 글로벌 AI 투자회사를 운영하는 인도의 여성 CEO 아르야가 말문을 열었다.

"드림 칩을 내장한 인공지능이 말도 안 되는 패배를 한 것을 보면, EM의 개발 인력의 수준을 알 만하네요."

그녀는 인도의 전통 의상인 사리[66]를 입고 있었는데 빼어난 미모의 소유자였다. 존 그린이 말을 받았다.

"pro_361을 만든 인공지능 설계자의 설계 오류가 있었던 것 같아요. 우리 분석팀(Analysis Team)에 의하면 임의 변수를 과다하게 포함시켜서 설계했다고 하더군요. 또《기경》이라는 바둑책과의 일치율이 90%를 밑돌았

---

66) 사리: 인도의 전통 의상. 겉보기에는 긴 천을 둘둘 말아 입는 듯 보이지만, 전통의상답게 복잡한 양상을 지니고 있다.

다고 하네요. 대국 내내 블루 스팟[67]을 찍어 보던 여타의 인공지능 바둑 프로그램과 동떨어진 착점을 하기도 했다고 하고요."

존 그린의 말을 듣던 딩하오는 얼굴을 잔뜩 찌푸린 채 투덜댔다.

"이래 가지고 마음의 창조를 맡길 수 있겠어요? 왠지 속은 느낌이야."

딩하오는 담배를 피우면서 말했는데 목소리가 날카로워 듣기에 매우 거북했다. 아마도 골초다 보니 목에 변성이 온 듯했다. 그는 기침을 크게 두세 차례 하더니 다시금 말을 이어 갔다.

"바둑의 수는 무궁무진하다는 것을 간과한 거죠. 누가 호구에 돌을 집 어넣을 줄 생각이나 했겠어요? 그 고물 덩어리가 못 읽은 거지…. 그놈이 잘 둔 거요. 우리 삼라만상도 그 장면에서 그 수를 못 봤다고 하던데… 하 여간 운이 억수로 좋은 놈…."

딩하오는 바둑을 아는 사람이었다. 그는 TV로 빅매치 중계를 다 보았 던 것이다.

중국 바둑 채널 '웨이치 차이나'에서는 빅매치를 생중계했었다. 중국 최 고의 바둑 AI 삼라만상은 생중계 내내 실시간으로 AI 기반의 다채로운 분석 그래프와 승률 예측을 제시해 시청자에게 입체적인 정보를 주었다.

---

67) 블루 스팟(Blue spot): 바둑에서 인공지능이 추천하는 가장 좋은 다음 한 수.

하지만 그것도 신의 한 수는 예측하지 못했다.

딩하오의 말에 존 그린이 심각하다는 투로 말했다.

"AI라고 모든 수를 다 볼 순 없죠. 하지만 문제점은 있다고 봐요. 그리고… 우리끼리 말인데… 한국의 바둑계 분위기가 심상찮아요. 일 년 전, AI와의 전쟁을 선포한 바둑인들이 입지를 더욱 넓혀 가고 있다고 하던데….."

잠시 정적이 흘렀다. 딩하오가 몸을 뒤척이며 담배를 한 개비 더 입에 물었다. 불을 붙인 뒤 한마디 했다.

"나는 투자금 회수하겠어요. 미안해요. EM도 유간산도 다 못 믿겠어."

"예? 돈을요?"

존 그린과 아르야가 동시에 깜짝 놀랐다. 존 그린이 난처하다는 듯이 말했다.

"지금 EM 자금 사정이 안 좋아…. 돈을 빼 가면 유동성 위기일 텐데…. 그리고 딩하오 선생이 투자금 회수하면 누가 더 투자하려고 하겠어요?"

"몰라요. 그런 것 신경 쓰고 싶지도 않고…. 앞이 안 보여…. 난 빠지겠어요."

딩하오를 잡고 있던 화면이 꺼졌다. 화상 회의장을 나간 것이다.

둘만 남은 화상 회의는 맥이 빠져 버렸지만 조금 더 계속됐다. 아르야가 존 그린에게 넌지시 물었다.

"어떡하시겠어요? 계속 가져갈 건가요?"

"끄응…. 이거 나도 계속하기 힘들 것 같은데…. 이것 참… EM이 버티기 힘들겠는데."

"현재로서는 프로젝트에 막대한 돈이 투입된 상황이라 지속적인 투자를 해 주지 않으면 안 되게 되어 있어요. 뒤로 물릴 순 없죠. 그러면 다 같이 죽어요. 하지만… 딩하오 사장하고 당신이 나가 버리면… 나도 어쩔 수 없죠."

아르야는 빠져나갈 궁리다. 존 그린은 EM이 무너졌을 때 로봇 설계 쪽을 인수할 생각을 했다. 로봇실은 세계적으로도 이름이 나 있는 알짜배기 부서였기 때문이다.

변정의 회심(回心)

🌙

변정은 자기 집무실에서 뭘 생각하는지 혼자 키득거렸다. 옆에서 사무를 보던 여직원 하나가 그를 힐끔 쳐다보았다. 키득대는 소리가 이상하게도 날카로워 귀에 거슬렸던 것이다. 그걸 아는지 모르는지 변정은 계속 키득대며 웃었다.

변정에게는 꿈이 있었다. 어려서부터 바둑밖에 몰랐던 그였지만 또래의 다른 친구들이 그러하듯 롤플레잉 게임(RPG)[68]에도 미쳐 있었다. 그가 제일 좋아하던 게임은 다크 에이지 시즌 2(Dark Age season 2)였다.

그는 인공지능을 동경하고 있었고 바둑 게임에 인공지능을 도입하면 재미있을 것 같다는 생각을 하곤 했다.

'게이머들이 인공지능 바둑을 자라게 할 순 없을까?'

'각각 자신의 아바타를 가지고 상대와 바둑을 두는데 이기면 아이템을 획득하게 된다. 지면 아이템을 빼앗긴다. 아이템을 많이 보유하고 있을

---

[68] 롤플레잉 게임(Role-playing game, RPG): 컴퓨터 게임의 일종으로, 게이머가 게임 내 등장인물이 되어 줄거리를 따라 진행해나가는 게임 방식.

수록 게임에 이길 확률이 많아진다. 음…. 아이템 현금거래가 가능해야
겠지?'

그는 이런 상상을 하며 혼자 실없이 웃곤 했다. 그에게는 가장 행복한
순간이었다.

'맞아. 최고의 대회를 여는 거야! 바둑 월드에서 여는 파이널 라운드 바
둑 챔피언쉽!! 세계 각지에서 몰려들 거야. 우승을 향한 끝없는 여정….
인공지능으로 무장한 유저들이 각각 자신들의 인공지능으로 한판 승부
를 펼치는 최고의 무대! 사이버 바둑 세상….'

그가 자신의 책상 앞에서 이런 즐거운 상상을 하고 있을 때 재정 부장
이 다가왔다.

"변 부장! 뭐 좋은 일 있어?"

"아, 하하. 늘 좋은 일이 있어야겠죠? 하하."

재정 부장은 변정의 어깨를 잠시 주물러 주었다.

"일이 힘들진 않아?"

변정은 재정 부장이 고마웠다. 인정이 느껴져서다.

"괜찮습니다. 저야 뭐 팔팔한 나이니까요. 최 부장님은 또 담배 피우다 오신 듯요. 냄새가 구수하네요. 하하."

"쉬엄쉬엄해. 그게 길게 가는 첩경이니까."

변정은 최 부장이 거듭 고마웠다. 사실 그는 심적으로 매우 힘든 상태였다.

"네, 부장님. 고맙습니다."

최 부장은 변정에게 윙크를 하고는 돌아갔다.

                    * * *

최 부장이 나가는 걸 물끄러미 바라보던 변정은 책상 서랍에서 봉투 하나를 꺼냈다. 사직서였다. 그는 멍하니 책상 앞에 놓인 봉투를 바라보았다. 그는 한참을 그렇게 바라보다가 생각했다.

'사장은 기통문을 자기 것으로 만들려고 한다. 아니, 없애려고 한다. 내가 일생을 몸담았던 은혜의 곳인데···. 이곳에 온 후, 나는 기통문의 원수가 되어 버렸다. 문주님과 사제들을 볼 면목이 없다. 내가 이렇게 나쁜 놈은 아닌데···. 세상은 참으로 무섭구나. 한 인간이 병신 되는 건 순식간이구나. 더 이상은 견디기 힘들어. 갈 데라곤 어머니가 계시는 전주··· 내 고

향뿐이다….'

변정은 EM을 나오면 모든 것을 잃는다는 것을 잘 알고 있었다. 하지만 그는 전주로 가야 했다. 그게 최선이라고 생각했다. 망가진 정신과 마음으로 어머니를 뵈어야 하다니…. 불효였다.

그는 내일 사장을 만나 사직서를 내고 곧바로 전주로 내려갈 요량이다. 사직서를 다시 서랍에 넣고 잠근 다음 퇴근하러 자리에서 일어났다. 오후 6시 이전에 퇴근하기는 그가 회사에 온 후로 처음이었다.

기통문

산산조각

🌙

유간산과 허달회는 사장실에서 2차 투자 설명회를 기획 중이었다. 유간산이 혼잣말을 중얼거렸다.

"음…. 딩하오, 그 늙은이가 지팡이를 짚고 또 와야 할 텐데…."

중국의 투자자 딩하오는 오른쪽 다리가 절뚝여 늘 지팡이를 짚고 다녔다. 유간산은 그에게서 더 많은 투자금을 얻어 낼 심산이다.

이때 기획실장에게 전화가 왔다. 통화를 하던 기획실장의 얼굴이 일순간 흑색이 되었다. 전화를 건 재정 부장이 안 좋은 소식을 전한 모양이다.

"뭐라고? 투자금을 회수???"

유간산은 기가 막혀 외쳤다. 책상을 손으로 내리쳤다. 쾅! 하는 소리와 함께 책상이 흔들렸다. 사장이 크게 화를 내자 기획실장은 어쩔 줄 몰라 하며 몸을 덜덜 떨었다.

"누가 회수해 갔다고??"

"네…. 딩하오와 존 그린 그리고 인도의 아르야입니다…."

절망적이었다. 투자금의 50프로 이상을 투자한 사람들이 자금 회수에 나섰다. 이미 프로젝트에 돈을 써 버린 상태라 줄 돈도 없었다.

"재정 부장 즉시 오라고 해!!"

유간산은 큰 위기를 느꼈다. 회사의 자금 사정이 꽤 안 좋은 편이었다. 설상가상으로 투자금이 빠져나가면 위험했다.

* * *

EM은 즉시 유동성 위기를 겪었다. 갑작스러운 예금 인출 등으로 자금 부족 사태가 발생하여 지급불능 상태에 직면했다. 프로젝트 협력사인 S사의 10억과 T사의 8억, 총 18억의 만기도래 어음이 유간산에게 날아왔다. 하지만 재정은 바닥이 드러난 상태였고 갚을 능력이 없었다. 결국 부도가 났다.

투자자들이 투자금을 회수해 갔다는 소문이 퍼지자 주거래 은행인 '망고 은행'을 비롯한 기존의 채권자들은 굶주린 늑대처럼 득달같이 달려들었다. 이곳저곳에서 유간산을 피고로 하는 고소, 고발이 빗발쳤다.

사장 유간산이 회사의 재무 상황을 거짓으로 보고하는 등 회계 서류를 조작했고 부당한 자금을 빼돌리는 등의 행위를 했다는 내용이 대부분이었다. 지금껏 심장까지 내줄 것처럼 호의적이던 사람들이 등을 돌리는 건 순식간이었다. 돈이 걸린 문제는 신의도 우정도 다 필요 없는 듯했다.

빗발치는 고소, 고발에 유간산은 견디지 못하고 사기, 배임 등의 범죄자로 낙인찍혀 수갑을 찼다. 경제 사범이 되어 5년의 실형을 선고받았다.

법원은 EM의 부채가 자산을 초과하는 등 회생 가능성이 적다고 보고 파산을 선고했다. 파산관재인은 EM을 헐값에 조각조각 나눠 팔기 시작했다.

알짜배기 부서인 로봇실은 미국의 존 그린이, 마음의 창조 프로젝트를 담당하던 AI실은 중국의 딩하오가 가져갔다. 바둑부서는 수담바둑으로 넘어갔다.

에필로그(epilogue)

사월의 한가운데. 봄이 왔다. 기통문에는 수선화가 온통 꽃을 피워 그 향기가 그윽했다. 월광정에서 달기가 매화차를 한 모금 마시더니 닉시에게 말했다.

"닉시. 이제 떠나는 거야? 나 놔두고?"

"너를 놔두다니. 우리는 친구잖아. 언제든 만날 수 있고 또 전화하면 되지."

닉시는 찻잔에 담긴 매화차를 코에 가까이 대며 향기를 음미했다. 그리곤 다시금 말을 이어 갔다.

"잘된 것 같아. 솔직히 오빠가 도와 달라고 할 때 은근히 기분이 좋았어."

닉시는 달기에게 미소를 지었다. 달기는 뾰로통한 얼굴로 말했다.

"쌍백 오라버니가 바둑 도장을 여는 건 아무래도 문파를 다시 재건하려는 큰 그림 같아. 나중에 쌍백문이란 문파가 생길지도 몰라."

"흐…. 상상력은 참…. 그저 젊음의 샘에서 모아진 팬들의 소망이 현실이 되길 바라는 마음이겠지."

달기는 쌍백이 오픈하는 바둑 도장으로 가게 된 닉시가 못내 아쉬웠다. 닉시가 기통문을 떠나다니….

쌍백은 독립문 근처에 '젊음의 샘'이란 바둑 도장을 열기로 했다. 4층 건물을 임대했다. 흩어졌던 양부문의 사람들이 십시일반으로 모은 돈으로 도장을 여는 것이었다. 유간산의 집무실에 있던 용평이란 귀한 바둑판도 그에게 돌아왔다.

변정은 회사를 떠나 고향 전주로 내려갔고, 빼앗겼던 7개의 두루마리 《기경》은 활귀에게 되돌아왔다.

분열이 일었던 수담연맹은 활귀의 승리를 기회로 다시금 하나로 똘똘 뭉치게 되었다. 강호일과 최반노는 수담바둑으로 복귀했다. 활귀는 강호일에게 사과했고, 둘은 화해했다.

수담바둑 회사는 활귀가 감추어 두었던 '묘수 편' 두루마리와 돌아온 7개 두루마리를 가지고 '수담기경'이란 바둑 프로그램을 만들었다. 이것은 AI 바둑 윤리를 따르는 알고리즘을 바탕으로 《기경》을 구현했다.

과거의 《기경》이 완전한 모습으로 시대에 맞춰 AI로 재탄생된 것이다.

기통문

© 구름과벗, 2024

초판 1쇄 발행 2024년 8월 28일

지은이   구름과벗
펴낸이   이기봉
편집   좋은땅 편집팀
펴낸곳   도서출판 좋은땅
주소   서울특별시 마포구 양화로12길 26 지월드빌딩 (서교동 395-7)
전화   02)374-8616~7
팩스   02)374-8614
이메일   gworldbook@naver.com
홈페이지   www.g-world.co.kr

ISBN   979-11-388-3475-9 (03810)